COLLECTION FOLIO

Juliana Léveillé-Trudel

Nirliit

Gallimard

© *Juliana Léveillé-Trudel, Éditions La Peuplade, 2015.*

Publication réalisée par l'intermédiaire
des Éditions La Peuplade et L'Autre agence.

Née à Montréal en 1985, Juliana Léveillé-Trudel pratique l'écriture dramatique et a fondé le Théâtre de brousse. Elle travaille dans le domaine de l'éducation au Nunavik depuis 2011. *Nirliit* est son premier roman.

À maman.
Tu avais raison :
c'est de la matière à roman.

SALLUIT : « les gens maigres ».

KANGIQSUALUJJUAQ : « la très grande baie » ;
KUUJJUAQ : « la grande rivière » ;
TASIUJAQ : « qui ressemble à un lac » ;
AUPALUK : « là où la terre est rouge » ;
KANGIRSUK : « la baie » ;
QUAQTAQ : « ver intestinal » ;
KANGIQSUJUAQ : « la grande baie » ;
IVUJIVIK : « là où on est pris dans les glaces mouvantes » ;
AKULIVIK : « fourchon central d'un harpon » ;
PUVIRNITUQ : « odeur de chair pourrie » ;
INUKJUAQ : « le géant » ;
UMIUJAQ : « qui ressemble à un bateau à l'envers » ;
KUUJJUARAAPIK : « la petite grande rivière ».

NUNAVIK : « le grand territoire ».

PARTIE I
EVA

1

La route est longue jusqu'à chez toi, Eva. Salluit, 62ᵉ parallèle, bien au-delà de la limite des arbres, Salluit roulé en boule au pied des montagnes, Salluit le fjord au creux des reins, et, seize kilomètres plus loin seulement, le grand détroit d'Hudson qui te conduira peut-être jusqu'à l'océan Arctique, qui sait.

Il faut venir par les airs, comme les oies, *nirliit*, je refais inlassablement le chemin du sud au nord puis du nord au sud, chaque fois que l'été revient, chaque fois que l'été se termine. L'avion s'arrête d'abord à La Grande Rivière, trois heures de vol au nord-ouest de Dorval, beauté rugueuse et saisissante lorsque le Dash-8 redescend sous les nuages pour survoler le gigantesque réservoir Robert-Bourassa, des eaux sombres à l'infini, encadrées par des rangées serrées d'épinettes. Le minuscule aéroport de La Grande accueille la faune habituelle du Nord. Des géologues en mission pour le ministère des Ressources naturelles. Des infirmières. Des travailleurs sociaux. Moi. Je ne sais trop dans quelle catégorie me classer. Des inconnus qui ne se parleraient jamais en ville entament des conversations animées, rient aux éclats. Des Blancs. *Qallunaat*. Les Inuits ne parlent pas. Pas à nous. Nous non plus. Les Blancs dans un coin, les Inuits dans l'autre. Les Blancs, c'est aussi les Noirs. Tous ceux qui ne sont pas inuits deviennent blancs à cette hauteur. Ça ferait sûrement rire Martin Luther King.

Deuxième arrêt : Puvirnituq, « Odeur de chair pourrie ». Je rebaptise tous les films et toutes les chansons auxquels je pense : *Odeur de chair pourrie mon amour, Il pleut des roses sur Odeur de chair pourrie, Voir Odeur de chair pourrie et mourir, Midnight in Odeur de chair pourrie, Odeur de chair pourrie, odeur de chair pourrie…* Puvirnituq le vilain petit canard, Puvirnituq le Bronx du Nord, Puvirnituq les sourires entendus et les soupirs complices. *Piouvi*. Rien d'une carte postale, c'est vrai, rien à voir avec Kangiqsujuaq ou Salluit, les reines de beauté nordiques. Pas de splendide montagne ou de falaise vertigineuse, juste une plaine raboteuse brisée ici et là par une faible colline. Un nid de misère parfait pour nourrir une criminalité florissante et rafler année après année le titre de communauté la plus violente du Nunavik. Rien pour donner envie de s'attarder et pourtant il le faut, Puvirnituq est une fille pas jolie avec des yeux magnifiques qu'on découvre si on regarde attentivement son visage. Il faut connaître sa rivière qui serpente, superbe, dans la toundra avant de se jeter dans la baie d'Hudson, à l'extrémité ouest du village. La rencontre de la rivière et de l'océan, le plus bel endroit sans doute à des kilomètres, mais il faut garder ses yeux fixés sur l'eau, surtout ne pas jeter un regard de côté, sinon on tombe sur l'autre rivière : celle des déchets, la décharge municipale qui étale ses splendeurs de métal et de plastique comme pour concurrencer celles de la nature. Mes yeux ne peuvent s'empêcher de se promener d'une rivière à l'autre, incapables de se détacher du portrait implacable de ce qu'on a fait du pays.

Salluit au bout de la route, seules les outardes poussent plus au nord. J'espère inutilement ton visage dans l'aéroport, j'aimerais entendre ta voix rauque me dire le précieux *Welcome back*, ces deux mots qui suffisent généralement à me convaincre que j'ai bien fait de revenir. *Tunngasugit Salluni* : « Bienvenue à Salluit. » Tu m'as appris à dire ça l'an dernier, tu m'as appris à dire plein de choses dans ta langue de poésie rugueuse, tu m'as patiemment répété les mots. Une enfant, je suis une enfant qui articule péniblement les syllabes de cette langue déconcertante remplie de q, de k et de j, tu as encouragé gentiment mes efforts laborieux, et chaque mot bien assimilé t'illuminait le visage d'un sourire éclatant, *alianait !* : « Je suis contente. »

On se comprend si peu au fond, barrière de

langue. Les Blancs se désespèrent devant votre pauvre anglais et votre français quasi inexistant, mais lequel d'entre nous est capable de s'aventurer dans votre langue ? Qui peut vous parler dans la langue d'Agaguk[1], qui se donne la peine de buter sur les q, les k et les j pour arriver à vous comprendre et à parler le langage de la toundra ? Qui ? Comment reprocher à quelqu'un de ne pas maîtriser notre langue quand on ne peut rien dire dans la sienne ? Votre langue de plus en plus striée d'anglais, votre langue qui n'a pas suivi les avancées technologiques, votre langue qui ne sait pas dire *computer*, votre langue dans laquelle les jeunes retrouvent difficilement les vieux, votre langue séduite par Justin Bieber et Rihanna, votre langue qui fond à peine plus lentement que le pergélisol.

Tu n'es pas parmi la foule nombreuse qui se presse contre la clôture devant la piste d'atterrissage, trois jours sous le brouillard, trois jours sans avion, trois jours coupés du monde, tu n'es pas là mais les *Welcome back* fusent quand même de toutes parts. Je sors de l'avion comme un jouet d'une boîte de céréales et cinq secondes plus tard les enfants s'enfoncent dans mon estomac en m'étreignant comme de petits boas constricteurs. C'est bon d'être à la maison.

---

1. Personnage principal du roman à succès *Agaguk* du Québécois Yves Thériault, paru en 1958, dont l'action se déroule dans le grand nord du Québec et qui met en scène des Inuits.

2

Lizzie me raconte, ta collègue, celle qui t'a vue tous les matins durant, je ne sais pas, cinq ans peut-être ? Peut-être moins.

Vous autres, vous changez de travail souvent.

Je déteste ça les *vous autres* : « Vous autres les Blancs. » Je l'ai entendu tellement souvent, à toutes les fois j'ai eu envie de partir, de sacrer là mon interlocuteur avec son *vous autres*. Je ne suis pas vous autres, et là je le dis aussi, regarde, je viens de le dire : « Vous autres les Inuits. Vous autres les Inuits, vous changez de travail souvent. »

Je viens de le dire, Eva, et tu te doutes peut-être de ce que je voulais vraiment dire au fond, quelque chose comme vous n'êtes pas capables de garder votre maudite job, de rentrer tous les matins, de ne pas avoir trop bu la veille, de vous lever à une heure décente. Pardonne-moi, je ne le pense pas vraiment, plus tant que ça maintenant. Tu sais, je suis certaine que les trois quarts de nous autres, les Blancs, n'avons pas le goût d'aller travailler le matin non plus, c'est juste qu'on se pile sur le cœur et qu'on le fait, mais nous sommes des centaines de milliers à se dire comme vous autres, les Inuits : *crisse* que j'irais chasser le caribou, là, maintenant, s'il vous plaît amenez-moi dans la toundra, sortez-moi d'ici, et si j'étais malade ce matin, et si mon enfant était malade ce matin, et si ma voiture tombait en panne ce matin, et si, mais non, ce n'est pas bien. La différence avec vous, c'est que vous ne cherchez pas à vous cacher derrière des excuses : j'étais soûl, je dormais, j'étais à la chasse.

Lizzie, ta collègue, celle qui t'a vue tous les matins durant, je ne sais pas, cinq ans peut-être, me raconte d'un ton froid, presque détaché. Il a jeté ton corps dans l'eau, ton corps fragile dans les eaux sombres et agitées du détroit d'Hudson, ton corps tout au fond, parti rejoindre celui des dizaines de pêcheurs qui ont terminé leur vie sous les flots parce que vous autres, les Inuits, vous ne portez jamais de gilet de sauvetage. Vous acceptez la mort avant même qu'elle ne s'annonce, parce que ça fait des milliers d'années que la vie est impitoyable sous le froid brûlant de janvier à cinq heures de clarté par jour, et de toute façon, où donc un pêcheur pourrait-il être plus heureux que dans l'eau ?

Ton corps dans l'eau et ton esprit partout, sur la mer, dans la toundra, au ciel jamais noir de l'été arctique, danse, Eva, danse, je dis avec le même français cassé que le tien : « Je manque toi. »

Lizzie dit qu'on n'a pas retrouvé ton corps, celui assis toutes ces années sur cette chaise que je vois du coin de l'œil, ton corps qui portait le visage souriant de la réception du *Northern Village of Salluit*, ton corps derrière le bureau d'accueil, ton corps la première chose que l'on voyait en entrant et tes yeux et ton sourire, *je manque toi.*

Lizzie dit : « Non, pas de cérémonie, en tout cas pas ce mois-ci, le prêtre est absent, il ne reviendra pas avant août, pas de cérémonie. » Et je l'entends penser pas de corps pas de cérémonie, j'entends les dizaines de Jésus qui tapissent son bureau crier pas de corps pas de cérémonie, j'en ai assez de sa compassion pour Jésus qui souffre, je veux crier nous autres aussi on souffre *fuck*. Et puis je pense : Lizzie aussi, Lizzie aussi pas de corps pour son mari et son gendre et le père de son gendre, tous les trois au fond du fjord eux aussi, deux ans déjà maintenant. C'était mon premier été, ah tiens, c'est vrai, un autre été à arriver juste après la mort. Trois pêcheurs dans un canot ; n'est revenu que le bateau.

Vous êtes là avec vos vies de tragédies grecques, vous feriez baver Shakespeare avec vos douleurs lancinantes et votre désespoir, et je ne sais pas comment vous faites pour endurer ça, moi qui en arrache déjà avec ma petite misère ordinaire.

3

Nous sommes les nouveaux missionnaires blancs. Nous prêchons la bonne hygiène de vie. Ne fumez pas, ne buvez pas, ne prenez pas de drogue, ne mangez pas de *fast-food*, consommez plus de fruits et de légumes, dormez huit heures par nuit, couchez-vous tôt, faites de l'exercice, ne manquez pas l'école ou le travail, ne jetez pas vos déchets dans la nature, conduisez vos quads moins vite, portez un gilet de sauvetage en bateau, assurez-vous de bien ranger votre arme à feu hors de la portée des enfants, utilisez un moyen de contraception lors de vos rapports sexuels, ne blasphémez pas, dites s'il vous plaît et merci lorsque vous demandez quelque chose, vaccinez les enfants et stérilisez les chiens. Vous devez tellement nous trouver fatigants.

    Mercredi soir, Coop. *Chips*, *Pepsi*, cigarettes. Les éléments essentiels de la diète inuite. Deux endroits où se ravitailler en ville : la Coop, gérée par des Inuits, et le *Northern Store*, tenu par des Blancs. Mêmes produits, en gros, mêmes prix désespérément élevés, mais deux ambiances aux antipodes. Le joyeux bordel inuit versus l'ordre irréprochable des *Qallunaat*. Une éternité avant de passer à la caisse à la Coop, quelques minutes à peine au *Northern*. Choisir la file qui semble la plus courte en sachant que ce sera celle qui avancera le plus lentement. Même quand stratégiquement on se place derrière des Inuits qui n'ont que quelques produits en main, ils arrivent toujours à nous surprendre une fois à la caisse.

13 Coca. 9 Pepsi. 1 paquet de cigarettes. 3 sucettes, 2 casse-gueules et 6 Mister Freeze. 4 Joe-Louis. 1 chips sel et vinaigre. Taima (c'est tout).

Oh non, j'ai oublié le lait, je reviens. Oups, pas assez d'argent, enlève 2 Coca. Non enlève 3 Coca. OK. Taima.

Et ça coûte cher, tellement cher, cher pour rien, cher pour des légumes mous, des fruits bosselés, de la laitue qui a gelé par bouts dans la soute réfrigérée d'Air Inuit. Cher pour du pain dont les trois premières tranches sont moisies, on s'en rend compte après l'achat, et on ne va pas se le faire échanger parce que c'est comme ça et c'est tout. Une fortune pour des aliments à peine acceptables pour une vente rapide dans le Sud. Et parfois l'avion ne vient pas, parfois le temps est trop mauvais, parfois plus de pain, plus de lait, plus rien, parfois comme un pays en guerre, parfois le magasin vide, et quand l'avion revient, on se réjouit de revoir nos légumes défraîchis et nos fruits bruns.

La seule chose qui ne manque jamais, c'est la pizza congelée, et pourtant Dieu sait que vous en mangez, de la foutue pizza. Eva, je ne t'ai jamais invitée à dîner, je voudrais t'inviter à dîner maintenant, pourquoi on est si gênés de s'inviter dans nos maisons ? Tu n'es jamais entrée dans ma maison. Ma grande maison, mais non, pas si grande, mais grande pour ma seule personne, une maison comme ça accueille facilement dix personnes, et moi je vis seule et j'ai une grande maison. Ils m'ont dit de ne pas laisser entrer les enfants dans ma maison, ils m'ont dit que ça ne finirait plus, ils m'ont dit : « Si tu dis oui une fois, c'est terminé. » Ils m'ont dit d'être ferme, ils m'ont dit ça, les autres Blancs. J'ai écouté, et les enfants viennent cogner à ma porte, demandent des pommes, je donne des pommes, mais des pommes sur la galerie, je les nourris comme des chatons, mais pas dans la maison, on m'a dit de ne pas les laisser entrer.

Eva, veux-tu venir dans ma maison ?

*

Les enfants me suivent dans la rue, ils veulent aller là où je vais, ils me serrent comme des ours, les enfants me regardent, attentivement. Très attentivement.

Touchent mon nez.

C'est grand !

Pas tant que ça. Nous autres, les Blancs, on a de gros nez. Le mien n'est ni pire ni mieux que celui des autres.

Touchent mon ventre.

Tu as un bébé ?

Non, je ne suis pas grosse. Les femmes de mon âge ont déjà trois enfants, moi pas un seul, vous vous demandez quand est-ce que je vais m'y mettre.

Touchent mes jambes.

Tu enlèves ton poil ?

Oui. Nous autres, les Blancs, on est poilus. Ça vous fait rire.

Comme des chatons, ils explorent mon corps

et s'amusent de tout ce qui est différent, ils plongent leur regard au plus profond de mes yeux, ils sont incrédules devant mes iris trop bleus, ils touchent mes cheveux, ils regardent par la manche de mon t-shirt pour débusquer le poil sur mes aisselles, ils se blottissent partout, comme des chatons, ils cherchent la chaleur et les caresses.

4

Été arctique. Il n'y a pas de nuit. Jamais. Le soleil disparaît derrière les montagnes en éclaboussant les nuages d'une lumière orangée. Il disparaît, mais ne se couche pas. Il fait sombre, mais jamais noir. Essayez donc d'expliquer ça aux autres, en bas. Essayez donc d'expliquer le degré exact de luminosité, l'effet que ça fait, la couleur du ciel. Dites que ça dépend, ça dépend s'il a fait soleil ou pas durant le jour, les jours ensoleillés donnent des nuits plus claires, les jours gris donnent des nuits plus grises, la nuit, les chats, tout le monde gris. Dites que c'est comme s'il était vingt et une heures en juillet, c'est bon ça, vingt et une heures en juillet. Tout est gris ou bien argent, le fjord est argent, dites que c'est tellement beau le fjord argent que ça donne le goût de brailler[1]. J'ai souvent le goût de

---

1. En français québécois, « brailler » signifie « pleurer ».

brailler, je ne suis pas nécessairement triste, c'est juste que c'est trop ici, trop beau ou trop dur.

Dors-tu ? C'est incroyable mais comment ils font pour dormir ?

Ils ne dorment pas. Les enfants galopent dans le village toute la nuit, ils font des jeux d'enfant et des fois non, des fois ils volent de l'essence dans les cabanons et arrosent ce qu'ils trouvent pour y mettre le feu, ils ajoutent de l'essence pour que ça flambe encore, et quand il n'y en a plus, ils retournent en chercher chez quelqu'un d'autre. Quads, motoneige, bateau : ça en prend de l'essence, il y en a partout. Des fois je pense qu'ils vont vraiment mettre le feu à quelque chose de gros, quelque chose comme une maison, des fois je pense qu'ils vont se brûler, qu'ils vont se détruire, mais ils marchent depuis tellement longtemps sur la ligne à ne jamais franchir, ils narguent la mort avec tellement d'irrévérence qu'ils sont intouchables.

C'est en vieillissant que ça se gâte, en vieillissant les petits feux ne suffisent plus, les cabanons et les maisons non plus. Il y a le fils de Qumaaluk, ton autre collègue, qui a retourné le gallon d'essence contre lui, un automne, ça fait bientôt deux ans. Parti en fumée à vingt-deux ans, parti gonfler les chiffres épeurants de nos statistiques de détresse qui explosent sous le poids des centaines d'autochtones qui tirent chaque année leur révérence dans un retentissant *fuck off*. Le fils de Qumaaluk s'est fait exploser dans le cabanon, c'est elle qui me l'a dit à l'aéroport, avant même de quitter Montréal, les tragédies boréales rugissent déjà à mon oreille. Quand on revoit quelqu'un après longtemps, il faut s'attendre à tout, on ne lui demande pas « Comment ça va ? » comme une absurde banalité à laquelle on n'attend pas de réponse, parce que comment ça va, ici, ça peut entraîner des réponses comme « Ça ne va pas, mon fils a mis le feu à son propre corps l'automne passé ». Qumaaluk dit qu'on va tous mourir, mais que ça ne doit pas se passer comme ça, Qumaaluk dit qu'elle ne peut pas accepter la mort de son fils, Qumaaluk est debout et s'occupe de ses deux autres enfants qui n'ont pas cinq ans et qui sont blonds comme les blés, ils tiennent ça de leur papa *Qallunaaq*, fantaisie génétique, ils ont le visage des Inuits et la blondeur du Sud, Qumaaluk est entourée d'anges, et c'est une chance parce qu'il y a tant de morts à compter, ici.

*

Toi, Eva, tu es allée rejoindre d'autres statistiques où vous êtes surreprésentées, celles des femmes victimes de violence. Pas la violence conjugale, mais ça aurait pu, il y a de l'amour violent entre les murs de ces maisons presque identiques, il y a de la jalousie féroce, il y a confusion entre aimer et posséder, vous qui possédez beaucoup mais si peu de choses.

Votre maison ne vous appartient pas. Votre terrain non plus. Tout ça vous est gracieusement prêté par le gouvernement. N'est-ce pas qu'on est fins[1] ? On vous pique votre territoire, mais on vous le prête après. Est-ce pour ça que vous avez tellement besoin de posséder ? Des motoneiges, des bateaux, des quads, des camions pour faire le tour d'un village de quatre rues. Pour vous échapper de vos maisons surpeuplées où vous vivez les uns sur les autres. Vous manquez d'espace dans votre immensité nordique. Comment ça se fait que toute cette richesse ressemble tellement au tiers-monde ?

Les gars de la construction sont jaloux. *J'aimerais ça moé ostie avoir du cash pour me payer un Ski-Doo pis un bateau, j'aimerais ça crisse pas travailler pis passer mes journées à la pêche, crisse qu'y sont ben pareil.* J'ai déjà entendu ça avant, en bas aussi ils sont une maudite gang qui aimerait donc ça être à la place des *BS*[2].

L'argent vous tombe dessus, mais il repart aussi vite qu'il arrive, on vous a montré des distractions qui coûtent cher, hein Eva ? Te rappelles-tu ton ancien chum[3], le directeur de l'école ? Te rappelles-tu le bon père de famille

---

1. En français québécois, « fin » signifie « gentil ».
2. « BS » au Québec est l'acronyme pour « bien-être social », l'équivalent du RSA français. Par extension, un « BS » est une personne touchant le bien-être social. Le terme est particulièrement péjoratif.
3. En français québécois, selon le contexte, « chum » signifie « ami.e. » ou « petite ami.e ».

qui te fournissait de l'alcool quand il avait envie de sexe ? Ça coûte une fortune l'alcool ici, c'est normal, tout coûte une fortune ici, même une pinte de lait, alors un dix onces de vodka à deux cents dollars, personne ne rechigne pour payer ça. Le directeur de l'école n'avait pas besoin de payer aussi cher, nous autres les Blancs on peut s'en monter du Sud de l'alcool, s'en monter beaucoup et le distribuer comme bon nous semble : une pipe un dix onces, c'est la loi de l'offre et de la demande.

*

Est-ce qu'on t'a déjà dit que tes yeux étaient magnifiques et ton sourire ?

C'est dangereux pour les belles femmes ici. Nancy court à ma rencontre : la préadolescente boudeuse et boulotte est en train de se transformer en ravissante jeune fille. Toute jolie avec ses cheveux remontés et ses longues boucles d'oreilles, son corps qui s'allonge et s'affine, ses grands yeux qu'elle a commencé à maquiller. Ses treize ans lui vont si bien, à elle et à ses coquettes amies, et je me demande combien de temps encore, il vous reste combien de temps ? Combien de temps avant qu'un chum trop entreprenant ne vous impose l'heure de votre première fois, si ce n'est pas déjà fait, combien de temps avant de tomber enceinte et ne jamais oser penser à l'avortement ? Même pour une enfant de treize ans, même pour une victime de viol ou d'inceste.

Tu le sais, toi, Eva, grand-mère à quarante ans, ton fils Elijah et la jolie Maata, la jolie et minuscule Maata, seize ans et un bébé dans le capuchon, seize ans et caissière à la Coop, le bébé dans le landau à côté de la caisse, mais tu étais si fière, Eva, vous autres vous aimez les enfants plus que tout au monde, vous les aimez mal, souvent, mais vous les aimez.

Combien de temps avant que votre beauté éblouissante ne soit ravagée par la dureté de la vie nordique ? Combien de temps avant que les nombreuses grossesses et les *Coca* enfilés à la chaîne ne vous fassent prendre une cinquantaine de livres ? Combien de temps avant que l'alcool, la cigarette et les nuits blanches ne rident prématurément vos visages, que les dizaines de sortes de bonbons disponibles à la Coop n'aient raison de la plupart de vos dents, combien de temps avant d'avoir vingt-cinq ans et d'en paraître quarante ? Des fois c'est très court, des fois vous atteignez le summum de votre beauté à treize ans et c'est terminé à quatorze, des fois vous êtes trop dures pour vous-mêmes ou alors c'est la vie qui ne vous fait pas de cadeau, des fois quatorze ans et déjà fanées les jolies roses du Nord.

Il y a Julia superbe l'été dernier, Julia comme une future reine, mais c'est fini maintenant, Julia le visage boursouflé par l'alcool et la drogue, le corps alourdi par toutes ces cochonneries que la Coop vend moins cher que les légumes, les yeux éteints par je ne sais quelle tristesse, oh, Julia. Julia traîne ses pas lourds dans les rues de Salluit, elle a laissé l'école et ne fout rien de ses journées sauf promener son désespoir, son renoncement au monde, parfois seule, parfois avec d'autres qui partagent la même misère. Je croise souvent leur chemin, et les fillettes qui me suivent me chuchotent à l'oreille en les pointant du doigt : *les drop-out*. Elles pourraient me chuchoter *les pestiférés* ou *les sidéens* sur le même ton, le ton des calamités, le ton de la honte et du mépris, et pourtant vous aussi, mes pauvres petites chéries, vous risquez fort de connaître le même sort, dans votre école qui ne sait pas comment vous garder entre ses murs.

5

Ils sont nombreux à goûter le sel de votre peau, les Blancs en oublient leur jalousie et vos *Ski-Doo*, ils vous pardonnent tout cet argent gagné à ne rien faire pour se vautrer dans le ventre de vos filles. Plus elles sont jeunes et plus elles sont attirantes, les policiers ne peuvent rien faire parce qu'eux aussi ils succombent, n'est-ce pas Mathieu la recrue de la police régionale Kativik ? Mathieu et Aida, à peine dix-huit ans, Aida la plus belle de Salluit, Aida l'espoir du village qui a réussi à être acceptée au cégep[1] Marie-Victorin, Aida va quitter son coin de pays avant la fin de l'été, Aida s'il te plaît ne tombe pas amoureuse, je ne voudrais insulter ni ton intelligence ni ton charme, mais souvent les hommes de vingt-sept ans qui s'intéressent aux filles de ton âge, ils ne sont pas propres-propres.

Des fois c'est l'inverse, des fois les filles du Nord veulent absolument goûter aux hommes venus du Sud, les filles veulent des bébés aux yeux bleus, les filles nommeront leur enfant Sébastien ou Patrick en souvenir de Sébastien ou Patrick venus dans le Nord quelques mois, venus réparer quelques maisons et fabriquer quelques enfants. Ça rôde autour de l'hôtel et des camps, Antoine est terrorisé, barricadé dans sa chambre d'hôtel à deux cent cinquante dollars la nuit, Antoine l'architecte aux yeux bleus comme vous n'en avez vu que sur les huskys, les filles font la file devant l'hôtel et viendraient cogner à sa porte si on les laissait entrer, Antoine pense à sa blonde à Québec.

Gaétan ne pense pas à sa femme à Boucherville, lui, mais le vieil ingénieur n'a plus l'âge de faire des enfants, il rentre sagement tous les soirs sans goûter à l'exotisme nordique et sans que les filles ne s'alignent devant sa maison. Il se contente de s'exciter au récit des conquêtes

---

[1]. « Cégep » est l'acronyme de « collège d'enseignement général et professionnel ».

de ses jeunes collègues et de donner son avis sur les questions de génétique.

Ça leur fait du bien, tsé, aux Inuits, plus ils ont du sang de Blanc, plus ils s'améliorent. Ça paraît déjà je trouve.

Gaétan s'incline bien bas devant ces grands seigneurs des chantiers : merci de répandre si généreusement votre sperme aux quatre vents pour permettre l'amélioration de la race, merci de transmettre votre précieux sang à vos nombreux enfants que vous ne prendrez jamais la peine de connaître, ne vous souciez pas de savoir si leurs mères ont assez de sous pour payer le lait et les couches, tant qu'ils possèdent votre sublime bagage génétique, tout va pour le mieux.

Samedi matin, Coop, allée des céréales en purée. Saana et Maggie flânent devant l'étalage, Saana dubitative devant l'étiquette du pot qu'elle tient à la main, Maggie occupée avec son biberon, prise en flagrant délit d'*adorabilité*. Maggie dans mes bras, les bébés inuits sont si chauds, conçus pour résister aux grands froids, petit bonheur du samedi, Sébastien ou Patrick à des milliers de kilomètres est en train de rater tout ça, Sébastien ou Patrick ne verra plus jamais cette toundra grouillante de vie et d'enfants, tant pis pour lui.

6

Samedi après-midi, *du vent doux sur la toundra*. Une mère lagopède et ses petits détalent dans tous les sens pendant que j'approche, ils ne savent pas que je veux seulement admirer leur beauté, la mère en panique veut défendre ses poussins, mais avec quoi, avec quoi un lagopède peut-il se défendre ? Pas de dents, pas de griffes, les petits ne volent pas. C'est la vie magnifique et fragile, une fleur sur la toundra, j'ai le goût de brailler, je l'ai dit, j'ai souvent le goût de brailler parce que tout est trop beau ou trop dur ici, je regarde un lagopède sur la montagne et je veux pleurer pendant que dans le village les enfants et la violence.

Tu l'aurais épargné, je crois, l'oiseau parce que sinon les petits seraient morts, tu sais que le renouvellement de l'espèce est important. Vous aimez les animaux mais pas exactement comme nous, vous aimez les animaux parce qu'ils vous ont nourris et vêtus depuis des millénaires, vous n'avez jamais eu le luxe d'être végétariens comme moi, je suis végétarienne et tu dis avec ton intonation pareille à celle de tous les Inuits quand ils parlent français : « C'est quoi ça ? » C'est impensable de ne pas manger de viande ici, et j'ai triché, et j'adore le caribou, personne ne mangerait de tofu après avoir goûté au caribou. Essayez donc d'expliquer ça aux autres, en bas, de décrire le goût, mais au fond c'est simple, ça goûte la toundra.

Tu trouves que je m'aventure trop loin toute seule, tu dis que c'est dangereux, tu dis les loups, *amaruit*, tu dis de ne pas partir sans fusil, je dis que je suis plus dangereuse avec que sans, tu ris. J'aime quand tu ris.

Tout le monde connaît quelqu'un qui n'est pas revenu, tout le monde connaît quelqu'un qui s'est fait prendre par le brouillard, tout le monde a perdu un ami ou un membre de sa famille dans le blizzard. Tout le monde connaît l'histoire de l'infirmière de Kangiqsujuaq, tout le monde connaît les trois chasseurs. Retrouvés quatre jours plus tard ou au printemps suivant, le froid polaire comme un linceul, ça préserve bien un corps, le froid, juste pour nous narguer.

Vous acceptez humblement la fureur des éléments, mais parfois non, parfois vous vous révoltez contre l'austère injustice, parfois une avalanche meurtrière se déclenche au soir du jour de l'An, ensevelit l'école où le village au complet s'était réuni pour célébrer, et vos cris de douleur résonnent au plus profond de la toundra. Kangiqsualujjuaq, 1999.

7

Juillet, un chalet quelque part vers le fond de la baie. Un chalet, c'est un ramassis de vieux contreplaqués, de morceaux de tôles, de restants d'isolant, minutieusement raboutés les uns aux autres pour former ces petites cabanes éparpillées dans la toundra, ces oasis de tranquillité où vous foutez le camp le plus souvent possible, surtout l'été. Un chalet quelque part vers le fond de la baie, une *Inuk* de soixante-trois ou cent treize ans, je ne sais pas. L'odeur funeste prend à la gorge avant même de passer le pas de la porte, ça y est quelqu'un est mort, ça y est on a oublié un vieux ici, ça y est encore un drame, mais non, le seul qui est mort, c'est cet énorme béluga à qui la vieille est en train de faire la peau, littéralement. Les montagnes de gras soigneusement découpé marinent dans des seaux et, dans une semaine, on transvidera le précieux liquide dans de grands contenants qu'on entassera dans le congélateur communautaire. Les soirs de fête, tout le village viendra y tremper son morceau de caribou gelé, champagne inuit. Tu adores ça toi aussi, Eva, je sais, j'en aurais pris à ta santé, mais l'odeur de cadavre, c'est trop pour moi.

Te rappelles-tu quand j'ai plumé un lagopède ? À quatre pattes sur de vieux cartons pour protéger le plancher, l'oiseau tué l'hiver dernier tout juste sorti du congélateur, son plumage blanc immaculé, mais pas pour longtemps, le sang qui gicle sous le couteau, la peau qui s'enlève d'un coup, comme une pelure de banane. Tu sais les Blancs achètent leur viande dans des supermarchés, tout est propre, il n'y a pas de plumes, pas de poils, et surtout pas de sang, surtout rien pour rappeler que ce truc dans un emballage en styromousse courait et piaillait il y a quelques jours encore. À quatre pattes sur de vieux cartons, une bête splendide, figée à jamais dans sa blanche beauté, et je lui enfonce mon couteau dans sa virginale pureté. Tu étais fière de moi, tu as demandé si j'avais mangé son cœur, vous autres les Inuits, vous mangez le cœur, tout cru, d'un coup, moi je n'ai pas pu, Eva, c'est comme le gras de béluga ou le morse putréfié. Des fois, c'est rare, mais ça arrive, un chasseur ramène un morse, vous laissez l'énorme bête pourrir pendant des jours sur la plage. Puis les familles viennent à tour de rôle se découper une part, l'odeur est atroce dans tout le village, pendant des jours, et quand tout le monde a eu son morceau, les ours viennent finir le reste.

8

Raglan Money Day, Noël en juillet. L'événement le plus attendu de l'année, le jour R, le jour où Glencore redonne aux habitants de la communauté une partie des profits tirés de l'exploitation de la mine Raglan, située sur le territoire de Salluit. Et l'argent coule de partout, des rivières de dollars viennent creuser la toundra, par ici messieurs, dames, il y en a en masse, tout le monde aura son précieux chèque. Tout le monde, oui tout le monde, des nourrissons aux vieillards, les femmes et les enfants d'abord, la frénésie démente s'empare de tout le village, des loups qui se disputent la carcasse fraîche d'un caribou.

Lauren, la Manitobaine épuisée en charge du *Northern Store*, appréhende ce jour fatidique des semaines à l'avance. Lauren, dix ans de vie dans le Nord gravés dans chacune des rides de son visage, Lauren la missionnaire du commerce, Lauren sacrifiée comme tant d'autres sur l'autel de la *Northwest Company*. Lauren me raconte le village d'avant, celui qui ne connaissait pas encore les généreux chèques estampillés *Glencore*, les dix voitures tout au plus qui circulaient sur les quatre rues de Salluit : une pour le *Northern*, une pour la Coop, l'hôtel, Air Inuit, la police, l'école et puis la municipalité. Lauren me parle d'un endroit où la drogue et l'alcool existaient, mais ne se consommaient pas autant, où la violence n'explosait pas si fréquemment, où les gens tiraient une certaine fierté de leur travail. Lauren vient du Manitoba, elle ne connaît pas Félix Leclerc, je traduis pour elle : *La meilleure façon de tuer un homme, c'est de le payer à ne rien faire.*

Lauren me fait un sourire triste et hoche la tête avant de retourner à ses préparatifs de guerre. Ce soir, le village au grand complet prendra d'assaut son territoire, se bousculera devant son guichet pour échanger le chèque si attendu contre du bel argent sonnant, des liasses de billets qu'ils caresseront amoureusement et entasseront dans une pièce de la maison. Ils y plongeront les mains avec bonheur, les feront voltiger dans les airs et, s'ils sont chanceux, s'endormiront dessus ivres morts, n'auront pas la force de prendre le volant de leur VUS flambant neuf et d'aller heurter un poteau de téléphone ou d'en venir aux coups avec des membres de leur famille. Ce soir et pour plusieurs jours, Salluit jouera les hors-la-loi et se prendra pour le *Far West*, jusqu'à ce que tout le trésor ait fondu comme la banquise de l'Arctique. Ça ne sera pas long, Lauren le sait, on peut flamber des milliers de dollars en un rien de temps, et en moins d'une semaine, les bons de secours échangeables contre de la nourriture émis par le gouvernement régional Kativik circuleront de nouveau dans le magasin, alors que deux jours plus tôt, on y achetait télévisions et ordinateurs à la dizaine.

Je me demande si Isakie reviendra cette année, Isakie d'Ivujivik, le village voisin qui n'a pas droit à la manne minière, lui. L'an dernier, on a fait venir Isakie jusqu'à Salluit pour la fin de semaine du *Raglan Money Day*. Isakie n'a rien de très particulier, si ce n'est qu'il conduit les camions de voirie à Ivujivik. Un travail essentiel dans chacune des quatorze communautés du Nunavik, où certains camions doivent ravitailler en eau les maisons et d'autres disposer des eaux usées.

Une *tinque*[1] à eau, une *tinque* à marde, en langage poétique. Isakie a passé la fin de semaine du *Raglan Money Day* à ramasser la merde des *Sallumiut* qui étaient trop occupés à fêter leur richesse soudaine pour s'en occuper eux-mêmes, Isakie s'est démené comme un fou, seul dans son immense camion, pour répondre à la demande d'un bout à l'autre du village, Isakie ne recevra pas une *cenne* de Raglan, lui, mais il a tout vu : l'alcool, les voitures, la drogue, les télévisions, les motoneiges, les montagnes de billets verts ou bruns, je ne sais pas. Je me demande si Isakie a eu envie de les sacrer là dans leur merde pendant qu'ils dansaient la danse de l'argent sous ses yeux, pendant qu'ils étaient les rois du monde et lui un pauvre con qui ne faisait pas partie des élus. Je ne pense pas qu'Isakie ait envie de revenir cette année.

Ils commencent à vous détester, n'est-ce pas, Eva, dans les autres villages ? N'est-ce pas qu'on raconte de plus en plus que les gens de Salluit, ils ne se prennent pas pour de la merde de phoque ? Il y a des voix qui s'élèvent, des voix qui se demandent pourquoi l'argent ne serait pas divisé entre toutes les communautés du Nunavik, parce qu'au fond, le territoire, il n'appartient pas seulement aux gens de Salluit, mais bien

---

1. « Tinque » est dérivé de l'anglais « tank » et signifie « citerne, réservoir ».

à tous les Inuits. Oh moi je vous aime quand même, Eva, du même amour possessif que le vôtre. Salluit c'est *mon* village, il en faut si peu pour devenir chauvin, j'ai le cœur brisé comme une mère à qui l'on raconte les grosses bêtises commises par ses enfants. Je vous défends souvent, mais parfois aussi je deviens Lauren la Manitobaine épuisée et je hoche la tête avec un sourire triste.

Il n'y a pas que Lauren qui se prépare au pire ce soir, il y aussi les infirmières, les policiers et les travailleurs sociaux, tous ceux qui savent que les partys tournent souvent mal ici. Si on était cyniques on pourrait parier : combien de blessés s'envoleront en *Médivac* vers l'hôpital de Puvirnituq, *Odeur de chair pourrie mon amour* ? Combien de bagarreurs rempliront la minuscule prison du village ? Combien de véhicules finiront dans le fossé à leur tout premier tour de piste ? Mais le combien qui vous intéresse, c'est combien vous allez recevoir cette année, combien ô combien, plus ou moins que l'année précédente ? Tu n'auras pas ta part cette année, Eva, je me demande ce que tu aurais fait avec, parmi tout ce que je ne t'ai jamais demandé, je ne t'ai jamais demandé ce que tu faisais avec ton argent nickel. Nous autres les Blancs, on n'ose pas trop vous parler de vos billets sortis des entrailles de la mine parce que ça pourrait passer pour de la jalousie, du mépris ou de la convoitise et bien sûr que le monde est rempli de Blancs remplis de jalousie, de mépris et de convoitise, mais pas tous, pas moi, je te jure, Eva, pas moi.

9

On prend la mer à bord du *F/V Tallurunnaq*, le vieux Tiivi au gouvernail, les gestes sûrs et le visage calme, les yeux plissés qui scrutent l'horizon. Trois heures jusqu'à la baie Déception qui n'a rien de décevant. Un ciel sans nuages et une mer lisse comme un miroir. Quelques caribous sur les montagnes, un ou deux phoques sous les flots, et toi. Et toi ? On quitte le fjord pour rejoindre le détroit d'Hudson, ma cage thoracique se fend en deux pour laisser entrer le vent du nord, prendre le large dans l'Arctique, ça vous ouvre de l'intérieur. La brise s'engouffre sous mon manteau pour me gonfler à bloc, je voudrais pousser jusqu'au passage du nord-ouest, sur le pont du *F/V Tallurunnaq*, je rêve de l'*Amundsen*. Tiivi ne sait pas à quelle heure on va rentrer.

Vous autres les Blancs, vous êtes obsédés par le temps.

Je déteste les *vous autres*, mais j'aime bien Tiivi. Tiivi et ses nombreux descendants, Tiivi et sa sagesse, Tiivi qui rapporte des pétoncles pour tout le village quand il va à la pêche. Tiivi me fait du bien, me distrait de l'eau sombre où je ne peux m'empêcher de te chercher. Il y a eu des rumeurs, tu sais, quand tu es partie, toutes sortes de rumeurs. Des jolies, qui te disaient loin avec un bel amant, riche, qui t'avait convaincue de tout laisser derrière pour lui. Des moins jolies, des histoires de couteaux et de Blancs, de plusieurs Blancs, qui t'auraient fait la peau, comme à un vulgaire phoque. L'être humain est partout pareil, on aime mieux croire que ce n'est pas l'un des nôtres. Ils ont fouillé sous les maisons, dans les congélateurs, les enquêteurs, ils ont posé des tas des questions, dépêchés spécialement pour toi, comme dans les films. Les femmes avaient peur, tu sais, Eva, elles ne voulaient plus sortir seules, comme si un loup affamé rôdait dans le village. Sale temps.

Je ne te trouve pas, ni dans le fjord, ni dans le détroit, ni dans la baie, et on finit par revenir, je ne sais plus à quelle heure, ce n'est pas important. Tiivi et moi sur le pont du *F/V Tallurunnaq*, Tiivi né dans un igloo, Tiivi a vu mourir frères et sœurs dans le temps que seuls les plus forts avaient une chance de survivre, Tiivi serre tendrement son petit-fils dans ses bras, son petit-fils joue sur son *iPhone*. Tiivi demande si j'ai échappé quelque chose dans l'eau. Oui, une belle femme d'environ cinq pieds trois, cent vingt livres, mais je ne réponds rien.

10

Des fois on se sent bien et protégés parce qu'on est seuls et tranquilles au bord d'un fjord magnifique, parce qu'on est loin de l'agitation des grandes villes, parce qu'en grimpant en haut de n'importe laquelle des montagnes autour on peut embrasser tout le village d'un seul regard, faire mentalement le chemin du fond de la baie au détroit, voir le ciel qui s'éclate en mille couleurs quand le soleil commence à descendre derrière les falaises. Une beauté en forme de coup de poing dans le ventre, il y a juste la toundra qui fait ça, paysage complètement démesuré et bouleversant tout seul au bout du monde avec si peu de gens pour l'admirer.

Des fois on oublie tout le reste, on est complètement pris par le vent du nord, on écoute les nouvelles de la ville qui ne parlent jamais de nous, qui se passent ailleurs, loin, dans un autre pays, et on s'en fout autant que les gens là-bas se foutent de nous. Quand le brouillard recouvre les maisons et que les avions n'atterrissent plus pendant des jours, le reste du monde n'existe pas et il n'y a que nous, ici, seuls. Mais des fois aussi, on est branchés sur le Nord et sur le reste du monde dans une même fréquence. Des fois tout est lié, d'un bout à l'autre de cet immense pays. Le Nord est inscrit dans notre ADN comme une trace lointaine dans le sang, dans notre sang où coule aussi celui des premiers peuples, pour la plupart de nous autres les Blancs, souvenez-vous de vos arrière-arrière-arrière-grands-mères, jeunes gens.

Nous vivons dispersés sur cet énorme continent, dans des villes et des villages qui portent de jolis noms à faire rêver les Européens, de jolis noms qu'on s'empresse de traduire parce que nous sommes si fiers de savoir que « Québec » veut dire *là où le fleuve se rétrécit* en algonquin, que « Canada » signifie *village* en iroquois ou que « Tadoussac » vient de l'innu et se traduit en français par *mamelles*. Nous avons de jolis mots dans le dictionnaire comme *toboggan*, *kayak* et *caribou*, il fut une époque où des hommes issus de générations de paysans de père en fils entendaient l'appel de la forêt et couraient y rejoindre les *Sauvages*, il fut un temps où nous étions intimement liés, mais nous avons la mémoire courte, hélas. Nous ne nous souvenons plus de rien, et dans les villes où le béton cache le ciel, des gens occupés marchent sans se regarder sur les routes qui ont fendu la forêt, et parfois leurs yeux se posent sur *eux*. Eux, les épaves imbibées d'alcool qui ne sont plus l'ombre des fiers chasseurs qu'ils ont été, eux dont les formidables talents ne trouvent plus leur utilité dans notre assourdissante modernité, eux massacrés jusqu'à la moelle par l'une ou l'autre des merdes qui, paraît-il, viennent inévitablement avec la civilisation. Eux comme une maladie honteuse, comme un malaise énorme au bord du trottoir, comme un enfant-problème qui jette l'opprobre sur ses parents. Ils ont quitté leur réserve ou leur village, ils ont abouti n'importe comment sur le ciment de Montréal, Winnipeg ou Vancouver, ils confortent les gens occupés dans la vision qu'ils ont d'eux : des ivrognes, des paresseux, des irresponsables.

Ils atterrissent brusquement dans le champ de vision de Charline, secrétaire, cinquante-quatre ans de préjugés soigneusement entretenus comme la haie de cèdre devant sa maison de Sainte-Julie, cinquante-quatre ans de mauvaises teintures, de salon de bronzage et de télé-romans, cinquante-quatre ans dans toute sa splendeur de contribuable outrée qui a mal à son gros bon sens.

Ils sont pas beaux tu-suite, hein ?

Pis toi, ma grosse Charline, comment ça va ?

11

Huit heures un dimanche matin. Quatre filles soûles à huit heures un dimanche matin dans une *Mazda* noire, quatre filles miraculeusement indemnes après de multiples tonneaux, quatre filles rient en s'extirpant tant bien que mal de ce qui reste du véhicule, une seule s'avance vers moi : « *Don't call the ambulance, I'm the ambulance.* »

Quelques mois plus tôt, les policiers de Kativik ont intercepté un des Blancs du chantier de construction qui conduisait son camion avec un taux d'alcoolémie légèrement supérieur à celui autorisé par la loi. Il a perdu son permis de conduire. Au moins il en avait un, contrairement à la majorité des gens de la place.

La *Mazda* noire finira ses jours au cimetière des voitures, un terrain vague derrière le poste de police où s'entassent quads, motoneiges et automobiles, la plupart du temps presque neufs, réduits à l'immobilité. C'est la faute à la neige, à la glace, au blizzard, au vent, à la courbe trop prononcée sur la route de l'aéroport, à la trop grande côte sur le chemin qui longe la rivière. C'est la faute aux chicanes de couple, à Mark qui s'engueule avec sa blonde Vicky et enfourche son bolide pour aller se perdre dans la toundra, se trouver un coin à l'abri où s'envoyer au fond de la gorge ce qui reste de sa dernière bouteille, tirer du *gun* sur des rochers pour s'empêcher de lever la main sur elle ou sur leurs filles, mais c'est fini maintenant, Mark et son quad dorment chacun dans leur cimetière. Je ne savais pas, j'ai rencontré Vicky par hasard, j'ai demandé comment ça va, elle a dit : « Ça ne va pas, mon chum s'est tué en quad l'automne passé, ma plus vieille ne s'en remet pas, elle a juste dix ans mais elle sèche déjà ses cours, je pense qu'elle a commencé à prendre de la drogue, *crisse* que l'automne est dur. »

Un *Jeep* avec une fenêtre brisée, recouverte de pellicule plastique. Une femme le conduit, un bébé sur les genoux et une cigarette au coin des lèvres. Un *scooter* piloté par une vieille d'au moins quatre-vingt-cinq ans, deux enfants entre ses bras et le guidon, un autre derrière. Un quad qui transporte huit personnes et des provisions, en route vers la toundra. Des adolescentes qui roulent dans le village toute la journée et toute la nuit. Une banquette arrière de fourgonnette en guise de meuble de jardin. Des motoneiges, plein de motoneiges, qui attendent l'hiver ou la mort. Un projet de loi municipale pour interdire le *joy riding* après minuit. Lizzie ne comprend pas pourquoi je trouve ça drôle. Je ne peux pas lui expliquer, son bureau est rempli de Jésus qui me regardent. Alex qui m'apprend à conduire comme une *Inuk*, enjambant les roches plus grosses que nous deux comme un invincible *monster truck*. Flaque de *bouette* traîtresse, on en a jusqu'aux cuisses. Le vieux *Honda* camouflé comme une bête sauvage dans sa mare refuse de repartir, Alex et moi bruns de la tête aux pieds comme une annonce de *Tide* ultrapuissant, on rentre à pied.

Soleil et vingt incroyables degrés, ça arrive une fois par été, toutes les *rock stars* du village passent et repassent à vive allure sur leurs montures, les manches de t-shirt roulées. Les autres se terrent dans l'ombre de leurs maisons, accablés par cette *chaleur*. J'enfile mon maillot de bain et je me tire dans la rivière avec les enfants qui n'en reviennent pas, la canicule c'est comme un troupeau de caribous : quand elle passe, on laisse tout tomber et on la suit.

12

Elisapie glisse sa main dans la mienne.
Où est ton village ?
Elle le dit doucement pendant qu'en haut de la colline on contemple son village à elle, pendant qu'on fait le tour d'un seul coup d'œil de son village à elle, et je n'ai pas envie de parler de la grande ville où je vis pourtant depuis près de huit ans, alors je parle de l'endroit où j'ai grandi, de Kingsbury qui ne ressemble pas plus à Salluit que Montréal, mais qui me semble plus proche.

Je voudrais voir comment Elisapie peut bien imaginer Kingsbury, comment une enfant qui ne connaît que la toundra s'imagine un minuscule village agricole du fin fond des Cantons de l'Est, puisque les étés d'Elisapie ne sont pas remplis de l'odeur du foin coupé et de la sensation de l'herbe qui pique les jambes nues, je veux voir Kingsbury dans la tête d'Elisapie.

Elisapie hésite entre l'enfance et le monde des grands, parfois elle est très clairement une toute petite fille, et parfois je la vois filer à vive allure au volant du quad de sa mère, Elisapie déjà partie vers les eaux troubles de sa vie d'adulte à venir. Elisapie a treize ans maintenant, l'âge tendre, l'âge où tout peut basculer. Elisapie, enfant adoptée, comme tant d'autres au village. C'est si simple, pour vous, l'adoption, vous avez le don de tout compliquer, mais pas l'adoption, et je vous aime tellement d'aimer les enfants des autres comme les vôtres, si simplement. De toute façon, ils appartiennent à tout le village, les enfants.

C'est comme en Afrique, c'est bizarre… Comment deux coins du monde si éloignés l'un de l'autre peuvent-ils se ressembler autant ?

Ce n'est pas bizarre : tout le monde est pareil au fond. Sauf les Occidentaux. *Indian time, African time, Mexican time,* c'est le même temps, c'est nous qui vivons à l'envers, et c'est nous qui sommes convaincus d'avoir raison.

*

Chez vous, Eva, les familles qui ont les moyens de faire vivre plusieurs enfants ne se posent pas de questions avant de recueillir ceux qui ne sont pas nés au bon endroit. Des fois c'est bien, des fois ça tourne mal.

Nathan terrorise tous les enfants de Salluit, Nathan sait très bien qui est sa mère biologique, Nathan sait qu'elle a gardé sa grande sœur, et qu'elle l'a laissé, lui. Nathan vit dans l'une des familles les plus respectées de Salluit, mais se comporte comme un vrai petit tyran, Nathan me fâche souvent parce qu'il s'en prend aux plus faibles, mais quand je le vois aux trousses de sa mère, désespéré, je lui pardonne.

Il n'y a pas que les moins de douze ans qui craignent Nathan-la-brute, dangereusement intelligent, assez pour finir Premier ministre ou en prison, Nathan vise de plus en plus haut, Nathan a pointé son couteau sur la vieille Suzanne. Suzanne le château-fort, Suzanne Mère Teresa version polaire, Suzanne la soixantaine avancée, le dévouement et l'abnégation judéo-chrétiens faits femme.

Suzanne prof de sixième année à Salluit depuis quinze ans, Suzanne est aussi fatiguée que Lauren, mais elle garde le fort, sans jamais se plaindre : « Encore une année, je suis capable encore, l'hypothèque n'est pas finie de payer. » Suzanne devenue veuve beaucoup trop tôt, pas les moyens de quitter Salluit, pas encore, mais il ne faut pas se méprendre, Suzanne n'est pas ici que pour l'argent, elle.

Suzanne levée aux aurores chaque jour pour préparer ses célèbres sandwichs aux œufs, vendus à l'école toute l'année pour payer des séjours au Sud à ses élèves les plus persévérants. Nathan a pointé son couteau sur Suzanne.

13

Les enquêteurs de la GRC[1] ont dû s'arracher les cheveux de la tête, s'ils en avaient, des che-

---

1. Gendarmerie royale du Canada.

veux je veux dire, je les imagine chauves, trop de cinéma, probablement. Ils en ont sûrement cuisiné, des suspects coriaces, au cours de leur carrière, mais un *Inuk*, c'était peut-être la première fois. Peut-être la première fois qu'ils se heurtaient à quelqu'un qui ne parle pas, pas parce qu'il veut dissimuler ce qu'il a fait, mais parce qu'il ne parle pas, tout simplement. Vous autres les Inuits, vous ne parlez pas, et nous autres les Blancs, on parle trop, je suis tellement d'accord, Eva, si tu savais le nombre incalculable de conversations à mourir d'ennui qu'il nous faut supporter jour après jour.

Les enquêteurs n'ont probablement pas eu de difficultés à obtenir les aveux, vous n'êtes pas du genre à cacher ce que vous avez fait, même quand il s'agit d'une grosse bêtise. J'ai battu ma femme, j'ai eu un accident avec la voiture de mon employeur, j'ai flambé ma paie en alcool. Mais je suis assez certaine qu'ils n'auront jamais les détails, et jamais le pourquoi. Moi non plus je n'aurai jamais le pourquoi, ça me tue moi aussi, Eva, pourquoi il t'a fait ça, pourquoi il t'a fait ça, pourquoi il t'a fait ça ?

Je ne peux demander à personne parce que personne ne voudra me répondre, c'est votre drame, je n'ai pas à mettre mon gros nez de Blanche dedans, vous n'aimez pas qu'on se mêle de vos affaires, mais je voudrais juste dire s'il vous plaît, je l'aimais moi aussi, s'il vous plaît, expliquez-moi pourquoi je ne la verrai plus.

14

Ils sont ben fins, quand ils ont pas bu.

L'alcool c'est comme la pleine lune, même les plus tendres se transforment en loups-garous. C'est peut-être pour ça qu'on oscille constamment entre ce que le monde a de plus beau et de plus laid à offrir. À la fin de la journée, si ça balance, on s'en est tirés. À la fin de la journée, je rentre chez moi et cette femme complètement soûle hurle à pleins poumons après sa fillette de quatre ans qui pleure toutes les larmes de son corps pendant que sa mère la tire sans ménagement vers je ne sais quel enfer. Qu'est-ce qu'on fait dans ce temps-là, on court prendre l'enfant et on se sauve pour le cacher chez soi ? Leur image se brouille devant moi, la mère devient une petite fille qui se fait crier après elle aussi par une autre mère qui devient aussi une petite fille et elles sont des poupées russes, l'une dans l'autre, à l'infini, une longue lignée de mères hurlantes et défoncées qui se transforment en petites filles en pleurs, tous les enfants, des poupées russes.

Les enfants, ce sont eux qui peuplent mes journées et m'habitent encore longtemps après, le soir, la nuit, mes rêves remplis d'enfants et de poupées russes. Il y en a certains qui reviennent plus souvent, il y a Jobie qui revient pas mal tout le temps, Jobie comme du métal coincé dans le sternum, Jobie des yeux de caribou à la patte cassée. Il y avait un jeune caribou dans la toundra, un bébé couché tout seul contre les rochers, il s'est soulevé péniblement quand il nous a vus, et c'est là qu'on l'a vu aussi : il s'est enfui sur trois pattes, la dernière pendouillant bizarrement en arrière. Je me suis demandé s'il allait souffrir longtemps et mourir tout seul, abandonné par les autres qui ne peuvent pas se permettre de garder les faibles au sein du troupeau.

On raconte que vos ancêtres abandonnaient parfois les vieux derrière, les vieux inutiles parce que maintenant stériles et incapables de chasser, incapables de donner la vie ou de la nourrir, la vie impitoyable sous le froid brûlant de janvier, les vieux mouraient tout seuls aussi en espérant que le blizzard les achèverait vite et qu'ils n'auraient pas à souffrir trop longtemps.

Aujourd'hui les vieux n'ont plus rien à craindre, il y a les maisons de l'Office d'habitation Kativik, chauffées et éclairées, il y a le *Northern* et la Coop où on trouve à manger sans avoir à manier un harpon, mais il y a aussi des dizaines de Jobie avec leurs yeux de caribou à la patte cassée : c'était au petit matin, on l'a trouvé sur la route de l'aéroport. Dix ans tout au plus, en t-shirt, il dormait en boule sur une planche devant un cabanon. Les policiers l'ont amené à l'hôpital, on va soigner son hypothermie, mais qui va soigner le reste ?

Le Nord ne fait pas de place à ceux qui n'ont pas la force de combattre. Les enfants le savent très tôt, ils appliquent la loi de la toundra, les enfants terrorisent Evie parce qu'elle n'est pas normale. Si elle vivait au Sud on aurait un diagnostic exact, mais ici Evie est seule à se comprendre et à se faire pousser dans les coins. Par chance avec Evie il y a Louisa, sa grande sœur, Louisa un ange dans la neige, Louisa la belle et douce, Louisa veille sur Evie, frêle protectrice de ceux qui sont encore plus vulnérables qu'elle.

Evie, Louisa, moi et les autres partis se baigner aux chutes. Les cris de joie, les sourires d'une *trâlée*[1] d'enfants qui batifolent dans l'eau glaciale venue de la montagne, il fait douze degrés, je partage leur bonheur, mais je n'enlèverai pas mon manteau. Plus tard les petites filles s'étonneront de la froideur de mes mains et les réchaufferont soigneusement dans les leurs, ces enfants qui n'ont jamais froid et qui ont toujours peur que je me les gèle, j'aime leur sollicitude.

Evie marche si lentement qu'on n'arrivera jamais au village. J'attrape sa main, fermement, et l'oblige à marcher à mon rythme, pendant de longues minutes je la force à renoncer à sa confortable lenteur, jusqu'à ce qu'on aperçoive au moins les maisons de Salluit, Evie est épuisée, je m'en veux, je laisse sa main. Evie s'arrête,

---

1. Bande, tripotée, groupe, grande quantité en parlant d'êtres humains, d'animaux, de choses.

évidemment, me baragouine quelque chose que je ne comprends pas, évidemment, et pointe une grosse roche blanche, derrière nous, mais la roche n'est pas une roche, c'est un harfang des neiges, un magnifique harfang des neiges qui s'élance, toutes voiles blanches dehors, qui en deux coups d'ailes est loin au-dessus de nos têtes, immense et géant dans le ciel du Nord.

Evie et moi sourions du même bonheur et les autres n'ont rien vu.

15

En dessous des enfants il y a les chiens, ceux qui ont été les fidèles alliés des Inuits pendant des siècles, mis au rancart depuis l'arrivée des motoneiges, plus rapides, c'est vrai, mais demandez donc à une motoneige de retrouver son campement elle-même. Les chiens magnifiques, tous des bâtards, mais magnifiquement bâtards, husky, *ijanguq*, malamut, berger allemand, labrador, golden retriever, de plus en plus métissés, comme les enfants : Blancs, Noirs, Maghrébins.

À la fin juin ils naissent, juste à temps pour mon arrivée, les chiennes aux mamelles qui s'étirent presque jusqu'au sol les cachent soigneusement sous les maisons et les hangars. On entend leurs petits bruits de chiots ici et là, un son aigu et mouillé, le son de la vie qui commence, remplie de promesses, comme les étés arctiques. Ils grandissent rapidement, les pattes solides laissent deviner une stature imposante, et ils s'aventurent de plus en plus loin, certains me suivent, je n'ai pas assez de mains pour caresser et prendre, enfouir les doigts et la figure dans la fourrure si épaisse, sursauter et rire à la fraîcheur d'un museau. Chaque fois je me dis de ne pas laisser fondre mon cœur, les chiens nordiques vous le brisent chaque fois, mais peut-on empêcher un cœur d'aimer ?

Quand je pars à l'automne, je sais que je ne les reverrai plus. Quelque part à l'automne, au plus tard à l'hiver, on donnera le signal. Trop de chiens errants, trop de chiens n'appartenant à personne, trop de chiens en bandes qui pourraient devenir dangereux. Si vous tenez à votre animal, faites-le entrer à l'intérieur ou gardez-le attaché le soir de la purge. Le soir de la purge des gens payés pour le faire abattront tous les chiens qui ont l'air trop libres pour appartenir à qui que ce soit. On trouvera des carcasses gelées un peu partout durant l'hiver, dernières reliques de ces bêtes splendides mortes trop jeunes, comme la plupart des Inuits.

Ils vous briseront le cœur au passage, les chiens, vous vous serez attachés à eux, vous les nourrirez, vous les apprivoiserez, et vous les retrouverez morts au bord du chemin. Alex a perdu comme ça deux bêtes qu'il rêvait secrètement de dresser pour le traîneau à chiens, Alex ne peut empêcher son cœur d'aimer, il se fera prendre à nouveau cette année. Moi aussi je me referai prendre, même si je n'ai pas oublié mon préféré. Il me suivait d'un bout à l'autre du village, trottinant gaiement sur ses grosses pattes de futur molosse, poussait des gémissements joyeux sous mes caresses et ne se privait jamais du plaisir de lécher mon visage. J'en étais à m'imaginer un husky dans un cinq et demi[1] en ville, je marchais tranquillement sur sa rue en me réjouissant de le voir apparaître. Le conducteur de la fourgonnette ne l'a pas vu apparaître, lui, l'a percuté de plein fouet. Mon préféré, couché sur le flanc, gémissant doucement. Le conducteur qui s'arrête, descend, étouffe le chiot, ça ne prend que quelques secondes pour l'achever, le conducteur qui tasse la carcasse près du fossé et poursuit son chemin. Moi qui contemple mon préféré pas encore raide au bord de la route, je ne lui avais pas trouvé de nom parce que je pensais que ça m'éviterait de m'attacher à lui, je l'appelais juste « mon préféré ».

Et je les entends se moquer de moi, je les entends, les cyniques, les fervents partisans du gros bon sens qui claironnent à tous vents qu'il y a des choses bien plus graves dans la vie que des chiens qui meurent, je les entends énumérer tous les problèmes sociaux du Nunavik, je les entends me dire tout ce qu'il faudrait régler

1. Au Québec, la taille des logements est donnée selon le nombre de pièces, la salle de bains comptant pour moitié.

d'abord, comme si chaque chose dans la vie avait sa place dans la grande liste de ce qu'ils jugent prioritaire. Je les entends me trouver ridicule de pleurer sur mon préféré et sur tous les autres, sur le beau labrador mêlé à qui j'avais trouvé un foyer dans le Sud, je les entends me dire que les chiens peuvent attendre, et je me demande quand est-ce qu'ils commenceront à s'occuper de ce qui fait partie de leurs priorités.

Dans les années 1950, le gouvernement fédéral a procédé à l'abattage massif des chiens de traîneau pour forcer les Inuits à se sédentariser. Cinquante ans plus tard, il leur a remis des millions pour s'excuser, c'est la façon de faire, on fout le bordel et on rachète tout avec l'argent, mais merci mon Dieu, ils ont appris la leçon, ces foutus nomades, ils les abattent massivement eux-mêmes leurs chiens maintenant.

16

Lauren a survécu au *Raglan Money Day*. Une ride en plus, le cœur un peu plus usé, Lauren solide comme un roc sous les néons qui éclairent les allées dégarnies du *Northern Store*, malgré les heures de sommeil qui manquent. Une fois par année, Lauren et son mari retournent dans leur Manitoba natal, pour cinq semaines, le reste du temps ils travaillent comme des fous. Les Blancs travaillent presque tous comme des fous, c'est peut-être pour ça qu'ils en veulent autant aux Inuits qui ne font rien. Ils sont sur les chantiers avant sept heures et jusqu'au soir, ils s'écroulent de fatigue devant leur assiette à la cantine, puis s'enfoncent un millimètre à la fois dans le divan devant la télé avant de traîner leur grand corps d'homme jusqu'à leur lit.

Grimpés sur les toits à refaire ils me voient passer, flanquée de ma *trâlée* d'enfants, comme toujours, en route pour le kayak, la pêche ou la cueillette des bleuets, et ils trahissent leur envie folle de nous rejoindre en m'envoyant des commentaires moqueurs sur ma prétendue oisiveté. Et pourtant je travaille, complètement et fidèlement dévouée à mes oursons polaires, tous les jours je leur concocte mille et une activités pour occuper leurs longues journées d'été, parce que même ceux qui prétendent détester l'école s'ennuient lorsqu'elle finit et qu'ils n'ont nulle part où aller, entre la maison surpeuplée où ils devront se battre pour une manette de jeu vidéo et les routes poussiéreuses dont ils ont fait le tour cent fois. Je travaille aussi fort que les hommes des chantiers, mais pour eux je suis en vacances, je suis une paresseuse parce que je suis en congé le samedi et le dimanche. Ils voudraient que je les vénère parce qu'ils travaillent sept jours sur sept, parce qu'ils sont là pour regarnir leurs comptes de banque et parce qu'ils ne sauraient que faire d'une journée de congé parce que bien sûr, ici, il n'y a rien à faire. Ils viennent un mois, deux mois, trois, quatre ou cinq, et ils repartiront sans avoir appris un mot d'inuttitut, sans être allés à la pêche, sans avoir goûté au caribou, sans savoir que si tu veux attirer le beau temps, tu dois grimper sur la montagne et montrer tes fesses, la version inuite du chapelet sur la corde à linge[1]. Mais je ne peux pas comprendre, moi je viens juste l'été, je me tape le soleil de minuit et la douceur des après-midi de juillet, moi je ne sais rien du froid assassin et des mois sans lumière qui tuent autant que le blizzard, moi je suis *ben*.

Toé t'es ben. Tu viens deux mois par année, tu te promènes, tu fais du bateau, pis tu retournes chez vous. Tu le sais pas mais février c'est long en estie. On vire tout' fous. Tout le monde est fou, mais ici ça paraît plus. Ici tu peux pas cacher ta folie. Le monde voit ta folie. Tu peux pas avoir de jardin secret, de trucs qui t'appartiennent juste à toi, des affaires débiles que tu le sais que c'est débile mais que tu fais pareil, ben ici, tout le monde le sait. Tout le monde sait tout', tout le temps. Pis en février quand t'as rien à faire en estie ben il te reste juste ça, la vie pis la folie des autres.

Je sais, Alex.

Est-ce pour survivre à février que tu as accueilli Alaku dans ta vie ? Parce que la folie se vit mieux

---

1. Selon une tradition québécoise, il serait de bon augure de suspendre un chapelet à sa corde à linge la veille d'un événement important pour demander une température clémente.

à deux, ou parce que la sienne est pire que la tienne, est-ce pour te consoler que tu as accueilli Alaku dans ta vie ? Je t'en ai tellement voulu, Alex, tellement voulu de préférer une alcoolique *junkie* de vingt ans, une pauvre fille qui n'a pas fini son secondaire et qui ne fout rien de ses journées sauf boire et fumer, je t'en ai tellement voulu.

Parce que moi, je suis la reine d'Angleterre, parce que moi je suis brillante et pleine d'avenir, je suis la femme idéale tout droit sortie d'une famille idéale, parce que moi je fais des beaux discours sur l'arrogance des Blancs et regarde comme je suis pareille à eux. Je me trouve tellement mieux que ta pauvre Alaku, je ne peux pas concevoir qu'entre elle et moi tu la choisisses elle. J'essaie de me convaincre que tu en as fait une béquille pratique et surtout temporaire, et je ne t'ai jamais demandé si tu l'aimais.

L'aimais-tu, Alex ?

J'ai ri de toi méchamment, j'ai raconté tes déboires à toutes mes amies, qui m'ont évidemment rassurée dans mon gros orgueil de femme idéale, bien sûr que je valais cent fois mieux qu'elle, tu ne savais pas ce que tu faisais, ça ne durerait pas.

Ça n'a pas duré. L'aimais-tu, Alex ?

Elle, elle t'aimait, en tout cas. Et pendant des mois tu as été son héros, celui qui lui a permis d'arrêter de boire et de fumer, celui qui a patiemment écouté le récit de chacun de ses traumatismes, celui qui la motivait à aller travailler tous les jours et à arriver à l'heure. Celui qui lui a appris la tendresse et le plaisir. Celui qui lui a montré que faire l'amour c'est merveilleux, que ce n'est pas une obligation désagréable qu'il faut subir en serrant les dents et en attendant que ça passe.

Et je me dis que je devrais te trouver magnifique d'avoir réussi tout ça, mais je n'y arrive pas, je me demande juste comment tu pouvais si facilement lui faire l'amour à elle alors que ça t'était si difficile avec moi. Parce qu'en plus de me trouver meilleure je me trouve plus belle, évidemment, parce que je suis la reine du mépris, regarde-moi.

Mais ça n'a pas duré, le beau rôle de chevalier, un jour les traumatismes ont eu raison de ta patience, ont effrayé le sauveur blanc. La fois de Kuujjuaq, la fois où parce que tu partais quelques jours, elle a voulu te forcer à lui faire l'amour parce que sinon, tu allais la tromper. Le récit de votre rupture, tout le monde le connaît, parce qu'il n'y a pas de place pour cacher sa folie, ici. Et je l'ai joyeusement colporté moi aussi, avec tous les menus détails sordides : Alaku qui t'a frappé au visage et contre qui tu as dû te défendre durant deux bonnes heures avant l'arrivée des policiers, les objets brisés et le bordel dans ton appartement, tout ça m'a permis de claironner victorieusement que j'avais raison.

Je suis désolée.

Et tu t'en es voulu, tu es resté avec elle jusqu'à

dépasser la limite de ce que tu pouvais supporter, tu ne voulais pas l'abandonner, tu savais que la rupture anéantirait tous les beaux progrès des derniers mois, marquerait le retour de l'alcool, de la drogue et de la violence. Et moi je t'ai gaiement roué de coups alors que tu étais par terre, alors que le sauveur se transformait en salaud, alors que tu l'expulsais de ton appartement paisible pour la retourner d'où elle venait, dans le chaos d'un logement surpeuplé où elle serait à la merci de n'importe quel oncle soûl et dégoûtant.

Je suis désolée.

C'est si difficile d'être un héros, tellement pesant. Tellement pesant à porter sur tes épaules, Alaku, et pourquoi pas toutes les autres jeunes femmes du village, toutes celles qui attendent leur sauveur blanc, celui qui ne les trompera pas, ne les battra pas, ne boira pas comme un trou et aura un vrai travail pour faire vivre décemment leurs enfants. Alex, beau prince charmant, ton cheval dans un fossé et la princesse cul par-dessus tête, pardonne-moi. Tu ne te doutes pas des méchancetés que j'ai racontées à ton sujet, tu me penses droite et bonne, tu ne peux pas t'imaginer que je ferais une chose pareille, tu me penses trop bien pour toi, mon bel ami, pardonne-moi, quand la peine glisse vers l'amertume, le cœur a de drôles d'élans.

Et je t'aime encore, et je t'aimerai toujours, même si tu as égaré plusieurs morceaux de ton propre casse-tête, même si tu te sauves au bout du monde pour échapper aux filles bien, surtout à celles qui t'aiment, même si tu es malheureux tout seul ou à deux. Tu traînes une âme meurtrie mais tu n'as jamais été violé, battu ou maltraité, tu comprends les tourments d'Alaku comme si tu avais grandi dans la toundra et non pas dans une petite ville tranquille du sud de la province, et je voudrais tellement que tu sois heureux, je te jure, avec qui tu veux, je t'aimerai encore.

17

Arnaituk et moi assis sur une roche. On suit le fjord des yeux jusqu'au détroit, Arnaituk me montre le chemin vers Ivujivik, une grosse journée de bateau pour se rendre au village voisin. Arnaituk l'a fait plein de fois avec son grand-père, je n'ai pas eu de grand-père, moi, et si j'en avais eu un, pas sûre qu'il m'aurait amenée chasser le phoque. Arnaituk n'a pas ramené de phoque la dernière fois, c'était dimanche, et Jésus ne veut pas qu'on chasse le dimanche, apparemment. De notre rocher on voit très bien la belle église blanche de Salluit qui brille sous le soleil, Arnaituk choisit ce moment pour me confier : « *I used to smoke weed a long time ago.* »

A long time ago, quand on a dix ans, ça veut dire quoi ? Arnaituk fait le chemin inverse, n'a pas perdu son innocence parce qu'il n'en a jamais eu, mais arrive aux portes de l'adolescence avec une sagesse de vieil homme, décidé à faire la paix avec ses démons. Arnaituk ne sera pas Andrew ou Saala, des enfants que je quitte heureux et libres à la fin de l'été pour les retrouver démolis et perdus l'année suivante, sans arriver à comprendre ce qui se passe entre dix et onze ans dans ce village du bout du monde.

C'est peut-être leur trop lourd bagage, c'est peut-être le poids de toutes ces tragédies shakespeariennes qui collent si tôt à leurs petits corps, Andrew c'est peut-être sa maman suicidée avant son entrée à l'école, Saala c'est peut-être son papa alcoolique, peut-être qu'ils arrivent à ne pas trop y penser quand ils sont plus jeunes, mais que la réalité les rattrape aux portes de l'adolescence, peut-être, peut-être, peut-être.

18

Et vous mourez. Vous n'en finissez plus de mourir, il y a tous ces accidents stupides qu'on pourrait éviter, il y a la toundra impitoyable qui ne vous laisse aucune chance, il y a les maladies que nous n'avons plus, comme la tuberculose, mais qui vous attaquent encore parce que vous vivez dans des conditions sanitaires dignes de 1850, il y a tout ça mais en plus vous vous tuez vous-mêmes, *crisse*.

Si tu n'étais pas déjà mort, je te tuerais, Noah, ou alors non, je hurlerais jusqu'à ce que tu te réveilles : mais-qu'est-ce-qui-t'a-pris-mais-qu'est-ce-qui-t'a-pris-mais-qu'est-ce-qui-t'a pris ?

Est-ce que vous savez comme on vous aime, bordel de merde, est-ce que vous savez comme on vous aime plus que vous-mêmes ? Mais en ce moment je te déteste, Noah, je te jure que je te déteste, qu'est-ce qui t'a pris, sale petit con ? *Fuck, fuck, fuck*, c'est pas ça, c'est pas comme ça que ça marche, on n'est pas supposé s'informer d'un ami qu'on n'a pas vu depuis des mois et apprendre qu'il est mort, pas supposé demander « Comment va Noah ? » et se faire répondre : « Il est mort, du haut de ses dix-sept ans il trouvait qu'il en avait assez vu, il s'est tiré une *crisse* de balle dans la tête parce que tout le monde a une arme et tout le monde sait comment s'en servir, merci bonsoir. »

Et si tu avais pensé un peu, avec ta petite tête de con, tu aurais pu te souvenir qu'on était des tas de personnes à t'aimer, tu aurais pu y penser deux fois, non, tu aurais pu faire un million de choses au lieu de te foutre cette stupide balle dans ta cervelle de moineau, qu'est-ce qui t'a pris de mourir, imbécile ?

Maintenant tu es mort et tu t'en fous, tu t'en fous de nous qui resterons là à s'ennuyer de toi pour le reste de nos jours, tu t'en fous, mais c'est trop, c'est trop pour moi, tu comprends, je ne peux pas partir chaque fois en me demandant qui sera le prochain, lequel je ne reverrai plus, lequel ne sera plus là l'année prochaine quand je reviendrai, je ne peux pas.

19

Ils sniffent-tu de l'essence ? De la colle ?
Arrivez en ville, mes chers amis. L'essence et la colle, c'est complètement dépassé. Oh il en restera toujours quelques-uns pour préférer le vinyle, mais, modernité oblige, nous avons maintenant accès à toute la pharmacie, même au fin fond du pays des *mangeux* de caribous. *Crack, marijuana, haschish*, amphétamines, cocaïne, demandez et vous serez exaucés. Arrosez le tout d'une bonne rasade de *Vodka Smirnoff* à deux cents dollars le dix onces, un grand cru. Tout le monde veut toujours entendre le sordide, le scandaleux, le juteux, le violent, le troublant. Chaque expatrié du Sud a son histoire d'horreur à raconter. Dans les soirées de Blancs, je ne sais jamais trop si j'entends parler la compassion ou la curiosité morbide.

Après une bonne heure de monologue particulièrement édifiant, Philippe l'ingénieur me demande ce que je fais, présume que je suis grassement payée, comme lui. Pas tant que ça, non. Stupéfaction : pourquoi suis-je ici alors ?

Parce que j'aime ça.

Pauvre Philippe, tu n'en crois pas tes oreilles. Hé oui, Philippe, il y a des gens qui ne viennent pas au Nord que pour faire de l'argent. Moi, j'aime ça, ici. J'aime les enfants, les gens, la langue, les chiens, le paysage, le soleil de minuit, les aurores boréales, les caribous, la toundra, les montagnes, les balades. J'aime qu'on soit douze dans une boîte de *pick-up* pour descendre la côte de l'aéroport au grand vent. J'aime les paquebots qui mouillent majestueusement dans la baie et tout le va-et-vient autour. J'aime le fjord peu importe sa couleur et son niveau d'agitation. J'aime cueillir les moules à marée basse et sourire intérieurement en me disant que j'ai chassé mon dîner. J'aime les dos blancs des bélugas qui viennent percer la surface de l'eau, quand j'ai été fine. J'aime les enfants qui se ramènent de la marina avec un trophée de pêche presque plus gros qu'eux, le fabuleux omble chevalier. J'aime me coucher sur les rochers, les jours de temps doux, et fixer au loin le détroit d'Hudson qui m'appelle en chuchotant. J'aime faire démarrer un quad en tirant sur la corde parce que ça fait plus viril. J'aime que tout le monde connaisse mon nom. J'aime la terre qui tremble au passage d'un troupeau de caribous. J'aime le village qui se donne des airs de ville fantôme quand le brouillard se lève. J'aime aller cueillir des bleuets et ne pas en rapporter un seul parce que j'ai passé tout mon temps à m'empiffrer, le cul dans la mousse et le lichen. J'aime ça ici.

★

Il y a trois catégories de Blancs qui montent au Nord : les aventuriers, les missionnaires et ceux qui viennent pour l'argent. Il existe malheureusement aussi une quatrième catégorie : les mésadaptés sociaux. Ceux qui ne sont pas fonctionnels au Sud et qui s'exilent chez les Inuits pour se fondre dans le chaos ambiant. Généralement des hommes. Ils se trouvent une femme, font beaucoup plus d'enfants qu'ils ne peuvent en nourrir et se font tranquillement vivre par les uns et les autres, qui prend mari prend pays. Toi, Philippe, tu fais assurément partie de la troisième catégorie.

Pis toi, t'es dans quelle catégorie ?

Je ne sais pas. Je ne sais jamais, je ne trouve jamais ma catégorie, nulle part. Une missionnaire aventurière, j'imagine, mais je ne suis pas une sainte, je n'ai pas l'abnégation et l'humilité de Mère Teresa. Je suis terriblement orgueilleuse, j'aime réussir là où les autres ont échoué, j'aime ouvrir les sentiers à coups de machette, j'aime réaliser des missions impossibles et demander ensuite si vous avez d'autres questions faciles. Ils sont tous là à me féliciter pour mon dévouement envers les enfants du Nord, mais ils oublient que je reçois beaucoup en retour, ils oublient que je meurs si je reste immobile, ils oublient qu'une voix en dedans me crie toujours d'aller voir ailleurs si j'y suis. Ils oublient qu'un été en ville je suis une plante sans eau, ils oublient que je suis tombée dans la potion magique et que je manque d'équilibre quand il n'y a pas de menhir à transporter, ils oublient que j'ai envie de tout, partout, tout le temps, que j'ai parfois de la difficulté à dormir tellement j'ai hâte au lendemain, à la semaine prochaine, au mois suivant. Des fois je m'écroule de fatigue et je me jure de ralentir, mais ça ne dure pas. Je suis un tourbillon dans une piscine hors terre, je tourne jusqu'à créer un courant presque destructeur et tout à coup, quand la vague me recrache sur le rivage de Salluit, je me sens étrangement calme, et je me repose pendant deux mois, même si les Inuits m'épuisent eux aussi.

À chaque départ je me sens coupable de partir, pour ceux que je laisse derrière, dans les deux sens, de Montréal vers le Nord, du Nord vers Montréal, de Montréal vers tous les recoins de la planète où j'ai vagabondé depuis que j'ai l'âge d'acheter un billet d'avion. Quand je pars j'ai envie de rester, quand je reviens j'ai envie de partir, j'emporte avec moi ceux que j'aime, mais on est toujours tout seul dans un aéroport.

Je me sens coupable de mon pays riche, de ma famille unie, de mon éducation, j'ai besoin d'éteindre des feux et de sauver des enfants, j'ai besoin de faire quelque chose dans ce monde pourri, j'ai besoin de courir d'une bande de laissés-pour-compte à une autre, j'ai besoin sinon je pourrais m'asseoir et pleurer ou lancer des bombes. Quand ce n'est pas la misère du Nord c'est celle du Sud, les visages des enfants inuits me suivent jusqu'en Haïti et tout se mélange, le créole et l'inuttitut, la peau chocolat et les yeux bridés, le froid et le chaud. J'emmerde le Canada et la France et les États-Unis et l'Espagne, tous des salauds, tous des colonisateurs, tous des esclavagistes. Et je meurs de ne pas suffire à la tâche, je ne pourrai jamais dormir, la terre entière est remplie de connards qui ne pensent qu'à se remplir les poches, comment on fait pour rattraper toutes leurs conneries ?

Pendant que les filles de mon âge achètent des maisons et font des bébés, je porte d'autres projets et je collectionne les histoires sans lendemain. J'ai un trou dans le cœur de ne pas avoir un homme qui m'aime et me ferait des enfants, mais j'ai tout le reste, j'ai envie de tout, partout, tout le temps.

Je suis peut-être mésadaptée sociale finalement.

20

Je passe devant ta maison presque tous les jours. Ce n'est plus ta maison, elle a fait le bonheur d'un autre, de plusieurs autres, probablement. Probablement que quelques chanceux ont pu quitter la baraque où il s'entassaient à quinze pour s'installer chez toi. Ils ont laissé les jolis rideaux de dentelle aux fenêtres, le Nord a ses petites coquetteries, parfois, un peu de dentelle à la fenêtre d'une maison et elle n'est plus la même que ses voisines, que toutes les maisons de la rue, que toutes les maisons du village, identiques d'un bout à l'autre, identiques d'un village à l'autre. Des maisons conçues par des fonctionnaires, utiles et résistantes, mais pas le temps pour la fantaisie, pas le temps de se casser la tête à créer des modèles distincts, s'ils avaient voulu faire de l'art, ils n'auraient pas choisi la fonction publique. Quatre rues à Salluit, je passe devant ta maison presque tous les jours. Jogging. Deux hommes discutent devant chez toi.

I love you! May I have your number? Can I run with you?

Ils sont polis eux, presque romantiques. Des fois c'est *I want to fuck with you*, mais *I love you*, c'est plus doux. Les hommes du Nord sont comme les femmes du Nord, eux aussi veulent goûter à la blancheur du Sud, mais ils ont souvent moins de chance : les camps de construction n'accueillent que des Blancs de sexe masculin. Des fois pourtant ils y arrivent, des fois une enseignante ou une infirmière succombe à leur jeu de séduction brute, des fois elles s'installent définitivement au-delà de la limite des arbres et fabriquent elles aussi des enfants, qui prend mari prend pays, des fois elles s'enfoncent dans des histoires aussi compliquées que les vôtres. Jane est venue de la Nouvelle-Écosse, a succombé aux charmes d'un premier, qui lui a donné une fille, et cinq ans plus tard, aux charmes d'un second, qui lui a donné un garçon. Jane travaille à la Coop, elle habite à l'hôtel dans une chambre avec deux enfants de pères différents, le charme commence à s'estomper, Jane va peut-être retourner au Cap-Breton.

Parfois aussi les femmes blanches ne recherchent qu'un peu d'exotisme temporaire, de quoi réchauffer les longues nuits d'hiver, de quoi satisfaire leurs fantasmes de chasseurs dompteurs de froid, et elles brisent des cœurs de guerriers. Arianne a jeté son dévolu sur Johnny, à peine dix-neuf ans, comme une version nordique de Dalida, Arianne s'est bien amusée, elle a appris à chasser et à dépecer elle-même ses prises, Arianne a dépecé le cœur de Johnny et s'en retournée au Sud, se faire une vie avec un garçon sérieux à l'avenir prometteur.

21

Rivière Foucaud, marée basse. Un champ de roches s'étend du fjord jusqu'au creux de la toundra, entre les deux falaises qui bordent Foucaud la magnifique. Du sable blond vient lécher le fond boueux du cours d'eau temporairement asséché pendant que le soleil fait du fjord un océan d'or, brillant à s'en arracher les yeux. Il y a des jours où la pluie et juillet à cinq degrés me donnent envie de me tirer d'ici, mais il y a des jours où je ferais mon nid dans la toundra, entre le fjord aveuglant et la rivière qui fend le roc de son assurance tranquille, les jours de soleil et de marée basse à la rivière Foucaud.

Il y a des jours doux comme la gentillesse des gens du Nord, doux comme Charlie qui m'embarque dans son camion pour m'amener à la pompe à eau remplir les cruches des gars du *Kewatin*, venus se ravitailler avant de reprendre la mer. Charlie s'est battu contre le feu il y a quelques années, quand les flammes ont surpris le village dans son sommeil, ravageant en quelques heures le bâtiment de la Coop. Charlie comme bien d'autres a couru vers le brasier et ne s'est pas arrêté une seule seconde avant que l'incendie ne soit maîtrisé, Charlie toujours prêt à donner un coup de main sans poser de questions ni exiger quoi que ce soit en retour, prêt à éteindre des feux et aller reconduire des filles qui se trimballent à pied avec d'énormes cruches d'eau.

Il y a des jours de tendresse, des jours d'enfants qui envoient la main, des jours de grands-pères qui arrêtent leur quad pour jouer les taxis, des jours où je te croisais, Eva, les yeux pétillants et le sourire radieux, splendide comme le *Maria Desgagné* dans la baie de Salluit, des jours où on placotait[1] devant ta maison aux rideaux de dentelle. Des fois tu avais bu, ce n'est pas grave, l'alcool ne t'allait pas trop mal à toi, te faisait les yeux plus brillants, la conversation un peu plus

---

1. En français québécois, « placoter » signifie « bavarder ».

rapide. Tu n'étais pas la seule à boire dans ton village qu'on dit pourtant sec, pas de point de vente d'alcool sur le territoire et un accès limité aux commandes : maximum de soixante-quinze dollars par mois par personne et interdit pour ceux inscrits sur la liste. La liste noire, la liste fatidique, la liste des gens et de leurs délits commis sous l'influence de l'alcool : désordre public, vandalisme, violence conjugale, comportements suicidaires, conduite avec facultés affaiblies. La liste noire s'étend sur des pages interminables, des pages et des pages pour un village de mille trois cents habitants, des pages et des pages de gens qui se rabattent sur la contrebande.

Ils payent plus cher, mais ils ont ce qu'ils veulent. Ils veulent toujours la même chose : dix onces de *vodka Smirnoff*, les bouteilles de plastique vides gisent tout partout dans le village, n'importe quel idiot peut voir qu'il se boit beaucoup plus que soixante-quinze dollars d'alcool par mois par personne.

Sur la liste noire, on pourrait peut-être ajouter un délit : faire des enfants et ne jamais s'en occuper parce que les enfants conçus sous l'influence de l'alcool, ils ne comptent pas, c'est ce qu'on m'a dit. Oh, Jobie, es-tu un enfant qui ne compte pas ? Ils sont nombreux à se cacher derrière cette loi si pratique, comme Willy, le roi-soleil de Salluit. Willy le plus bel homme à des kilomètres, Willy, son épouse en titre et ses trois enfants légitimes, Willy a beaucoup d'enfants qui ne comptent pas. Willy s'est marié l'automne dernier, majestueux dans son *smoking*, fier et respectable devant l'église remplie à craquer et ses trois enfants, ceux qui comptent.

22

Qu'est-ce qu'il avait tant ton Jimmy ? Qu'est-ce qu'il avait tant de plus qu'un autre ? Il te faisait oublier ton directeur d'école ? Te faisait oublier un autre Blanc parti sans jamais plus donner de nouvelles, parti sans se soucier de toi qui allais t'ennuyer, parti poursuivre sa vie comme avant, comme avant la parenthèse, comme si toi tu n'étais qu'une parenthèse, pas quelque chose d'essentiel dans la suite de l'histoire, ça doit être blessant à la longue. Si ça peut te consoler, tu n'étais pas la seule, mais ça ne te consolera pas, je sais. Tu n'étais pas la seule, le Nord est rempli de filles au cœur brisé, de filles qui ont aimé si fort des garçons qui les ont prises comme des sculptures en pierre en savon : un joli souvenir qui rappelle d'heureux moments, mais sans plus, une fois revenu au Sud.

Il y a Molly, la fille de l'hôtel, trois ans de bonheur avec Simon, son policier, trois ans de bonheur partis sans prévenir l'hiver dernier, en même temps que les vacances de Simon. Descendu au Sud pour ses deux semaines de congé habituelles, il a décroché un poste dans sa ville natale et n'a jamais remis les pieds à Salluit, on lui a envoyé ses choses par avion et Molly aurait bien aimé lui dire au revoir, elle a les yeux hagards, Molly, quand on la regarde.

Est-ce à cause des parenthèses que tu t'es jetée au cou de Jimmy ? Qu'est-ce qu'il avait tant pour que tu acceptes d'être seulement le numéro deux, toi si belle, si drôle, si gentille, si intelligente, toi qui méritais amplement une première place, qu'est-ce qu'il avait tant ?

C'est ta beauté qui t'a tuée, Eva, on le savait que ça viendrait un jour, depuis ce jour où tu as osé te promener en jupe dans le village, depuis ce jour où tout Salluit a pu voir tes superbes jambes, depuis qu'une folle en furie s'est jetée sur toi à la Coop, furieuse de ta beauté qui sortait de ses habits polaires pour se montrer au monde entier, tu t'es bien défendue, mais ton œil au beurre noir avait réussi à assombrir ton visage quelque temps.

C'est dangereux pour les belles femmes ici. Dangereux de se faire mettre enceinte, de se faire violer, de se faire trouver jolie par le copain d'une autre. Parce que tout est toujours la faute des femmes, les filles trompées en veulent rarement à leur conjoint, en tout cas jamais autant qu'à leur rivale. Les graffitis qui poussent un peu partout ne mentent pas : *fucking bitch, slut*, la marque des femelles outrées, la signature de celles qui resteront coûte que coûte aux côtés de leur homme, et qui vengeront leur peine sur la femme qui a osé toucher à leur *chum*, la salope, la sorcière, le diable en personne, rien de moins.

Et moi, Eva, je refuse qu'on te salisse, je refuse qu'on crache sur ta beauté, je refuse qu'on te condamne pour avoir aimé le mari d'une autre. Je refuse qu'on écrase brutalement ceux qui sont trop lumineux pour le reste du monde, je refuse qu'on empêche les étoiles de briller, je refuse qu'on force les comètes à ralentir pour ne pas faire de jaloux. Je refuse que certains trouvent que c'est bien fait pour toi, je veux te porter comme un drapeau dans les rues de Salluit, à bout de bras, je veux te jeter au visage des bien-pensants et leur hurler qu'ils ont tort, je veux que tu reviennes, Eva.

23

Gina est entrée dans ta classe, le visage tuméfié. Tu serres et desserres les poings.

Ça s'est passé à Kangiqsujuaq, après le tournoi de volley-ball. Apparemment, elle a regardé un autre gars, ç'a pas fait son affaire. Elle était par terre, il fessait dessus à coups de pied, à coups de poing. Ils étaient une vingtaine à le regarder faire.

Alex prend une gorgée de vin. Ça prend beaucoup de vin pour oublier qu'une enfant de quinze ans reçoit une raclée de son amoureux dans l'indifférence la plus totale. Beaucoup de vin pour entendre qu'elle avait juste à ne pas en regarder un autre. Le papa de Gina frappe la maman de Gina dans l'indifférence totale, lui aussi. La maman de Gina n'a pas dit à sa fille de quitter son amoureux.

Tu ne sais pas comment tu as réussi à donner ton cours de mathématiques. À Gina, dans un coin, l'œil cramoisi. À Jusua, son amoureux violent, dans l'autre. Tu as eu peur de perdre le contrôle, de battre Jusua à coups de pied, à coups de poing, jusqu'à ce qu'il soit aussi boursouflé que Gina.

On finit la bouteille. On ne parle pas d'Alaku, mais je sais que tu y penses. Alaku, Gina, toutes celles que tu ne pourras pas sauver. Tu dis que c'est ta dernière année. Le Nord est dur pour le cœur. Le Nord est un enfant ballotté d'une famille d'accueil à une autre, le Nord ne veut pas être rejeté de nouveau, le Nord te fait la vie impossible jusqu'à ce que ton cœur n'en puisse plus et que tu le quittes avant d'exploser, et il pourra te dire voilà : je le savais, tu m'abandonnes. Parce qu'on vous abandonne tout le temps, on a fait de vous des parenthèses à l'infini, des aventures que l'on vient vivre pour un temps avant de retrouver nos vies rangées du Sud ou repartir vers de nouvelles expériences qui nous semblent maintenant plus alléchantes que votre exotisme du Nord.

Je t'abandonnerai aussi, Eva, un jour je laisserai ton corps pourrir au fond du fjord sans jamais plus te chercher désespérément sous les flots.

Je n'aurai pas semé d'enfants aux yeux bleus et bridés, je n'aurai pas brisé de cœur de guerrier, mais je vous abandonnerai, tous.

Je voudrais être mieux que ça mais je suis tristement comme les autres, je ne peux pas vous promettre de rester, à chaque fois que l'été finit je voudrais vous jurer de revenir l'an prochain mais je ne peux pas, je suis volage comme une star de cinéma.

24

Jess. Tu sais que la première fois que je t'ai vue, je ne te trouvais pas jolie ? Je n'avais pas compris ton visage. Et un jour les morceaux se sont mis en place : tes grands yeux verts de métisse, ta peau laiteuse, ton large sourire, ta longue chevelure sombre, ta silhouette élancée, celle-là aussi, tu la dois au métissage. Belle.

Jess, ma petite sœur inuite. Je sais, je ne suis pas ta mère, il faudrait peut-être que je t'aime moins. Jess, les jointures meurtries d'avoir frappé dans le mur, de grands coups dans les murs de ces maisons trop habituées à recevoir des coups, Jess une fleur sur un tas de fumier, une orchidée dans un dépotoir, une marguerite dans le blizzard de janvier. Lapointe, ton nom si exotique parmi les Saviadjuk, en souvenir de ton père que tu vois une fois par année. Le reste du temps c'est ta mère seulement, ta mère et sa bouteille de fort, ta mère qui gueule et toi qui deviendras peut-être aussi une poupée russe, ta petite sœur et ton petit frère déjà défoncés, ne le prends pas mal, tu t'es occupée d'eux de ton mieux, je sais.

Un jour, ta mère complètement soûle a balancé le camion de la commission scolaire dans le décor et tu t'es blessée aux jointures. Mais ce ne sera plus très long maintenant, à la fin de l'été tu partiras pour Kangiqsujuaq, faire un secondaire six qui te mènera peut-être au cégep, loin d'ici. Au cégep comme ta copine Aida, vous êtes belles et intelligentes, et nous sommes tous là à espérer si fort pour vous, si fort pour chaque adolescent qui parvient à terminer son secondaire, extirpé de peine et de misère du désespoir ambiant, moins de dix finissants par année alors qu'ils sont cinquante à piailler dans les classes de maternelle. Nous sommes tous là à espérer pour vous, à vouloir plus que vous, à prier pour que vous surviviez au choc de Montréal, à l'alcool disponible partout, à vos familles dysfonctionnelles qui vous manqueront dans votre petite chambre de résidence à Marie-Victorin. Trop souvent c'est un faux départ, trop souvent on vous retourne d'où vous venez parce que vous échouez vos tests, trop souvent vous acceptez la défaite sans penser à vous reprendre et nous sommes déçus plus que vous, et nous rêvons du prochain qui réussira peut-être, lui.

Nous rêvons pour Ryan, quinze ans, une

graine plantée toute croche, une fleur rare qui tente de se frayer un chemin vers le soleil dans une plate-bande envahie par l'herbe à poux. Chez Ryan, ça sent le *pot* à toute heure du jour ou de la nuit, ses trois jeunes frères n'ont pas cinq ans et jouent dans la rue devant la maison, à moitié nus, ça sent la misère à toute heure du jour ou de la nuit, chez Ryan. Il rêve d'aller vivre en famille d'accueil, mais personne ne l'accueillera, ni ses trois frères, leurs parents menacent quiconque oserait leur voler leurs enfants. Nous rêvons pour Ryan, la star locale de hip-hop, brillant et talentueux, mon Dieu, faites qu'il survive jusqu'à dix-huit ans et qu'il se tire de là, nous espérons si fort pour vous.

Nous espérons si fort pour vous et des fois ça marche, des fois je monte dans l'avion et je suis accueillie par la ravissante Alacie, la perle de Salluit, quatre ans de travail patient et monotone comme caissière au *Northern Store* avant de devenir agente de bord pour Air Inuit, la deuxième *Inuk* seulement à occuper cette fonction dans toute la compagnie, je suis si fière et si heureuse pour ma douce Alacie que mon cœur veut sortir de ma cage thoracique pour aller se coller sur le sien, mon Alacie agente de bord, neurochirurgienne ou Prix Nobel de chimie, c'est la même chose pour moi.

25

Le bordel. Salluit est une chambre d'ado. Les vitres brisées de l'école secondaire. Le module de jeu de l'école primaire. Le module de jeu à côté du centre administratif.

Fuck you. Fucking school. Boring. I love you. I hate you. Bitch. Aida 2010. Jimmy+Mary. I love Tayara. Fuck you Jimmy. Salluit sucks. I hate school.

Les enfants sautent à pieds joints sur les matériaux de construction qui s'empilent un peu partout au coin des rues, de quoi réparer ce qui est brisé avant que ça ne se brise encore, construire du neuf pour mieux le détruire ensuite. Des vélos, des jouets mutilés abandonnés dans les fossés. Des sacs de plastique à la dérive. Des milliers de bouteilles de *Smirnoff* vides. Des emballages de *Cadbury*.

La piscine est encore intacte. Elle a survécu à sa première année, de quoi clouer le bec des cyniques qui sont toujours prêts à parier sur la durée de vie des infrastructures, à s'insurger contre le gaspillage du précieux argent des contribuables.

On va effacer les graffitis et changer les vitres brisées, qui tiendront le coup deux jours ou deux mois, on verra.

26

Mi-août. La nuit est revenue tout doucement, depuis quelques semaines, s'étirant tous les jours de quelques minutes pendant que l'air se refroidit peu à peu. L'été est si court chez vous, l'été passe si vite. Avec la nuit reviennent les aurores boréales, timidement. Les aurores de fin d'été hésitent à se montrer, répandent doucement leur halo blanc en s'excusant presque d'exister et d'annoncer le retour du froid, n'ont rien à voir avec celles de l'hiver, ces reines de beauté qui se fracassent d'un bord à l'autre du ciel en de spectaculaires lueurs vertes.

Le cul dans la mousse, la bouteille passe d'une main à l'autre, le goût d'amande sucrée de l'*Amaretto* reste sur les deux paires de lèvres qui fondent l'une sur l'autre, il fait froid mais au-dessus les demoiselles blanches illuminent le ciel et ici-bas les corps se réchauffent. Je suis comme les Inuites, j'ai repéré ma proie aux abords des camps, ou alors c'est moi la proie, aperçue depuis les toits que les hommes réparent, je ne sais plus qui a traqué qui.

Si je couche avec un gars de la construction, peut-être que je vais sauver une enfant. Si j'offre mon corps, peut-être qu'une fillette n'aura pas à offrir le sien. Il y a les dégourdies qui prennent l'initiative elles-mêmes, et celles qui jouent les putes au profit d'un oncle ou d'un père, dans le cabanon derrière la maison. C'est gros comme un ours polaire dans un igloo, mais personne n'a rien vu, rien entendu, bien sûr, personne. Il y a des hommes respectables, mariés et pères de famille, qui n'en ont rien à battre de la famille des autres, qui baisent les enfants des autres sans avoir besoin d'aller jusqu'en Thaïlande parce que les Inuites aussi ont les yeux bridés, ça doit donner la même sensation. Et quand on paie on a tous les droits, le client a toujours raison, le client peut faire ce qu'il veut et rentrer ce qu'il veut là où il veut, même dans le corps d'une enfant de douze ans.

Il y a la petite fille aux yeux rouges, elle aime beaucoup la marijuana, elle a treize ans et pas les moyens de s'en acheter, une pipe un joint, c'est la loi de l'offre et de la demande. Il y a Julia et ses yeux éteints, la rumeur court, Julia, la rumeur dit que l'hiver dernier, ils étaient quatre, venus des chantiers, quatre pour se relayer sur ton corps de fillette, la rumeur court, Julia. Il y a celles qu'on paie et celles qu'on ne paie pas, celles à qui on demande la permission et celles qu'on force, il y a Alaku et toutes ses copines pour qui c'est normal de se faire violer souvent, il y a le sexe, l'argent et l'impunité, *Tunngasugit Salluni*.

Il y a l'autre Aida, oh Aida, dix-neuf ans et trop fatiguée pour travailler, dix-neuf ans et jamais levée avant l'après-midi parce que trop bu la veille, Aida qui me laisse tomber et que je chicane : « *Holy fuck*, vas-tu un jour faire quelque chose de ta peau et de ton intelligence bordel de merde ? » Aida violée elle aussi au début de l'été, je ne savais pas, je m'excuse, Aida abusée des années auparavant par son propre père et moi la dinde je te chicane pour une job lâchée, vous savez des fois j'en ai plein mon cul de ne jamais pouvoir me fâcher après qui que ce soit parce que vous avez toujours un drame démesuré pour excuser vos manquements.

27

Pingualuit, mot inuit signifiant « les gros boutons d'acné ». Vous autres les Inuits, vous avez le chic pour dire les choses. Après les villages « Odeur de chair pourrie » et « Ver intestinal », le Parc national du bouton d'acné.

As-tu déjà vu cette merveille, Eva ? Une météorite venue s'écraser sur la Terre il y a plus d'un million d'années, un trou large de trois kilomètres et demi, profond de quatre cents mètres, rempli d'une eau parfaitement limpide, un lac qui occupe aujourd'hui le troisième rang mondial pour la pureté de son eau. As-tu déjà vu cette merveille, Eva ? Probablement pas. La plupart des *Sallumiut* n'ont vu cette beauté qu'en photos, même si elle se situe tout juste à quelques dizaines de kilomètres de chez vous.

De riches Suisses prennent tranquillement le thé au pied du cratère. Nunavik : mot inuit signifiant « le grand territoire ».

C'était un riche Américain, il y a deux étés, un vieux con de quatre-vingt-quinze ans, il se paie un voyage de pêche à la mouche dans le coin de Kangiqsualujjuaq. Quatre-vingt-quinze ans, riche à craquer, mais il ne voulait pas payer les assurances, le con, et il trouve le moyen de déboîter sa hanche artificielle en pêchant. Il a fallu aller le chercher en hélico, et rendu à Kuujjuaq, il ne voulait pas qu'on lui fasse une piqûre, il disait que c'était malpropre, notre hôpital du tiers-monde, il était prêt à payer cinquante mille dollars pour qu'un Challenger le ramène chez lui. On a fini par le convaincre de se laisser soigner, et après, il est reparti en hélico à Kangiqsualujjuaq pour finir sa partie de pêche.

Les infirmières rient et avalent une gorgée de fort. Les infirmières n'aiment pas les touristes américains qui doutent de leurs capacités, les infirmières font des miracles à tous les jours et les vieux cons pleins aux as peuvent bien aller se faire foutre.

28

Un Premier ministre en visite dans un village de l'Arctique canadien, tout sourire, prend la pose dans la toundra. Ça fait des maudites belles photos, la toundra. C'est vraiment photogénique, la toundra. Les Inuits aussi sont photogéniques. Les vieux au sourire édenté, les enfants espiègles, les femmes qui portent un bébé dans leur capuchon. Tous à croquer sur pellicule, magnifiquement emmitouflés dans ces manteaux splendides qu'ils fabriquent eux-mêmes, ils ont le regard perçant du chasseur et rêveur du poète. Un Premier ministre veut montrer au monde entier la beauté de l'Arctique canadien.

L'été, la saison de la rénovation. Denis le mécanicien héberge une famille de dix personnes dans son cabanon en attendant que les travaux de leur maison soient terminés. Denis et moi devant le cabanon, on se demande si c'est ça la beauté de l'Arctique canadien, ça ou les glaciers qui fondent. Ça fait des maudites belles photos, les glaciers qui fondent.

L'automne, la saison des évictions. Votre maison ne vous appartient pas, et quand ça fait trop longtemps que vous ne payez pas votre loyer, l'Office municipal dépêche ses huissiers pour vous mettre à la porte. Oh, l'Office municipal est gentil, il attend que votre dette soit vraiment énorme, quelque chose comme des dizaines de milliers de dollars, à cinq cents dollars par mois, il faut que ça fasse des lunes que vous n'avez pas payé votre dû. Les huissiers aussi sont gentils, ils vous proposent une entente de paiement avant de sortir vos divans, ils sont prêts à aussi peu que dix dollars par mois s'il le faut, mais quand les locataires refusent, il faut procéder, et soudain dix personnes à la rue, dix personnes qui viennent envahir la maison surpeuplée d'un cousin ou se rabattent sur le cabanon, celui de

Denis ou d'un autre. L'automne dernier ils ont expulsé Tommy, un cancéreux qui n'avait jamais payé son loyer de sa vie. Ils sont venus pendant qu'il recevait ses traitements à Montréal et ils ont scié son cabanon en deux. Le village s'est enflammé, proclamant que c'était la fin de l'esclavage, rien de moins. Mais la révolution n'a pas eu lieu, pas encore, et pour faire changement l'Office municipal d'habitation croule encore sous les dettes, peinant comme d'habitude à se faire payer.

Tu sais, Eva, j'essaie toujours de vous défendre contre tout le monde, mais quand une mère seule travaille comme une folle à un salaire de misère pour arriver à payer son loyer, elle ne comprend pas pourquoi vous auriez le vôtre gratuitement, payé par ses impôts à elle, et cette conversation finit toujours presque invariablement par *Qu'ils retournent dans leurs igloos, si sont pas contents !*

Bien sûr que vous ne retournerez pas dans des igloos, mais des fois je ne sais plus si toute cette gratuité était la meilleure chose à faire, des fois je repense à Félix Leclerc, des fois je me dis *mais quel bordel* et je voudrais que quelqu'un quelque part me donne la bonne réponse.

29

Ulluriaq. « Étoile ». Ce n'est pas pour faire joli, c'est la signification de ton prénom. Elle est assurément bonne, ton étoile. Je ne sais pas d'où tu viens, encore d'un trou de misère, c'est certain, mais Lizzie t'a recueillie chez elle, comme elle a aussi recueilli Akisuk et Nathan et comme elle recueillera d'autres enfants, j'en suis certaine. Je ne sais pas depuis combien de temps tu vis chez Lizzie, peut-être depuis toujours, peut-être que tu n'as pas connu ton malheur, peut-être que c'est pour ça que tu rayonnes autant.

Tu m'as suivie comme un caneton dans la toundra, toi et deux petits garçons encore plus minuscules que toi, vous avez complètement chamboulé ma promenade qui se voulait solitaire et contemplative, mais vous y avez ajouté votre poésie maladroite et fait de moi une oie sauvage émerveillée de vous apprendre à voler. Nous avons marché dans le soleil de fin de journée, sans parler, en souriant, sans avoir besoin d'explications pour se comprendre. Depuis je guette ta charmante frimousse tous les matins, toi, le petit bonheur ambulant qui ne sais pas être autrement que joyeuse.

30

Pas de corps pas de cérémonie, on n'a pas retrouvé ton corps alors j'espère encore ton retour, je te vois marcher sur le fjord comme un Jésus débarqué au pôle Nord, ça ferait plaisir à Lizzie et à tous les autres qui vont absoudre leurs péchés dans la belle église blanche de Salluit, le dimanche matin. Parce que tout le monde peut boire, battre, fumer, blasphémer, baiser, abuser, mentir, voler, briser, violer, tromper, tout le monde ressort blanc comme un lagopède de janvier le dimanche midi, tout le monde recommence jusqu'au dimanche suivant. Le seul péché impardonnable, c'est l'avortement, parfois une fille se lance à toute vitesse sur les pistes de quad dans la montagne, elle fonce exprès sur les trous et les crevasses et si elle a de la chance, elle arrivera à décrocher son bébé.

Pas de corps, pas de cérémonie, on n'a pas retrouvé ton corps alors j'espère encore ton retour, vous autres vous croyez à toutes sortes de choses, pourquoi je ne pourrais pas croire à ton retour ? Vous croyez à Dieu et à Jésus, vous croyez à tout ce que les missionnaires vous ont enfoncé de force dans la gorge, j'ai envie de vous secouer en hurlant que si Dieu existait il ferait quelque chose pour vous, bordel de merde. Vous croyez au *Yéti*, on l'aurait aperçu dans le coin de Puvirnituq l'hiver dernier. Vous croyez aux esprits malins qui peuvent vous perdre dans la toundra.

Skidoonnguaq. C'est une motoneige fantôme. Elle apparaît parfois dans la toundra, loin du village. Tu penses que c'est une vraie motoneige, le conducteur te fait signe de le suivre. Mais il te perd dans un désert de neige, tu ne retrouves plus la piste, tu es perdu, tu peux mourir gelé. Il faut faire très attention.

La motoneige fantôme me fait rire plus que Jésus, mais je me retiens pour ne pas fâcher la douce et gentille Sarah. Sarah ne boit plus depuis dix ans, depuis que l'ours polaire lui a donné sa chance.

Je m'étais chicanée avec mon copain. J'avais bu. Je suis allée marcher au bout du village, pour pleurer tranquille. Il y avait du brouillard, on ne voyait pas à deux pas. Je suis rentrée après une heure, j'avais froid. J'ai su le lendemain qu'il y avait eu une alerte à l'ours ce soir-là, exactement dans le secteur où j'étais.

L'ours polaire a épargné Sarah et elle a repris sa vie en main. J'espère encore ton retour, mais les bêtes sont tellement plus tendres que les hommes.

31

Les nouvelles vont vite d'un village à l'autre, parce qu'évidemment tout le monde a un cousin qui vit quelque part, tout le monde se tape la *run* de lait[1] en avion, tout le monde doit décoller, atterrir, décoller, atterrir avant d'arriver à destination, le téléphone arabe reste le meilleur

---

1. Expression québécoise qui désigne un trajet interrompu par de nombreuses étapes, comme celui qu'effectue un laitier pendant sa tournée.

moyen de communication au bout du monde. Des nouvelles d'Akulivik, encore un endroit dont personne n'a entendu parler, encore un endroit qui réussit à faire parler de lui pour de mauvaises raisons : un homme en a abattu un autre hier. À peine sortie de la toundra, encore soûle d'alcool, de sexe et d'aurores boréales, Joanessie qui fait un feu sur la grève me fait dégriser, Joanessie a un cousin à Akulivik, évidemment. Un homme a abusé de la fille d'un autre, qui lui a réglé son cas d'une balle entre les deux yeux, *welcome to the Far North*. Ici on ne dit pas s'il vous plaît ni merci, on ne s'excuse pas non plus, quand on a fait du tort à quelqu'un, on fait quelque chose pour se racheter, et si ce n'est pas rachetable, il reste la 22 pour faire la job.

Moi je n'ai pas de 22, des fois j'ai peur de ce que je ferais si j'en avais une, j'ai peur d'entrer en furie dans les camps de construction et de tirer sur tous les salauds qui se vident dans des fillettes de treize ans, j'ai peur de castrer un par un les quatre ordures qui se sont répandues sur Julia, je ne supporte plus que tous ces porcs s'en tirent sans égratignures, et on me dira que ça ne se passe pas comme ça, que la justice fait son travail mais la justice ne travaille pas ici, c'est pour ça qu'ils sont si nombreux à régler leurs comptes eux-mêmes.

Akulivik, encore un endroit qui réussit à faire parler de lui pour de mauvaises raisons. La dernière fois que je suis passée par là, l'avion a eu de la difficulté à atterrir : les caribous avaient envahi la piste d'atterrissage. De longues minutes à tourner en rond sur la piste pour effrayer les bêtes et les convaincre de retraverser la clôture. Au décollage, on a survolé le troupeau qui courait le long de la rivière comme des vedettes du *National Geographic*.

Une fusillade à Akulivik.

J'aurais envie de parler des caribous.

32

Instructions pour un jeune idiot qui en est à son premier séjour nordique : fais attention où tu mets ton pénis. À la grande loterie inuite, tu as beaucoup de chances de tirer un drôle de numéro. Si tu crois que la jalousie c'est mignon et si ça flatte ton orgueil de mâle, c'est parce que personne ne s'est jamais pointé chez vous avec un *12* pour te reprocher d'avoir baisé son ex. Hé oui, jeune con, tout le monde a une arme et sait s'en servir, c'est pareil comme le *Far West*, c'est juste un peu plus *frette*[1]. Si tu crois que la jalousie c'est mignon et si ça flatte ton orgueil de mâle, c'est que personne n'a jamais frappé à ta porte en hurlant durant toute une nuit pour te supplier de la laisser entrer. Si tu crois que la

---

1. « Frette », en français québécois, désigne un froid particulièrement intense.

jalousie c'est mignon et si ça flatte ton orgueil de con, c'est que personne ne t'a jamais demandé de balancer ta maîtresse dans le fjord, oh Eva.

Le jeune con me regarde, mal à l'aise, se demande pourquoi je pleure tout à coup.

Prends-le pas comme ça, voyons. Je vais faire attention, promis. Je vais m'arranger pour pas me faire descendre à coups de 12. Arrête de pleurer.

Je plante là le jeune idiot et je cours vers la maison de Jimmy qui n'est pas chez lui, il moisit quelque part dans une cellule à Saint-Jérôme, mais sa femme est là, elle, sa femme n'ira jamais en prison, sa femme les mains toutes propres mais le cœur pourri, sa femme qui a prononcé ta condamnation à mort et qui ne sera jamais condamnée à rien, elle. Elle a mangé ton cœur tout cru, d'un coup, elle s'est bien vengée de vous deux, toi au fond du fjord, lui au fond d'une prison, elle est libre comme l'air et toi tu t'enfouis tranquillement dans la vase, je creuserais à pleines mains pour te sortir de là, je me demande si tu as eu très mal quand il t'a frappée, je suis debout devant la maison de Jimmy et ses enfants qui jouent dans le sable, *je manque toi.*

33

Fin août. Le temps de rentrer. Le vert de la toundra commence à roussir, signe de l'automne qui s'amène et de l'arrivée inéluctable des grands froids. Le Nord fait exprès de sortir une journée magnifique pour mon départ, pour me narguer, me convaincre de rester. Pas de brouillard, pas un nuage, aucune chance que mon avion ne reste cloué au sol, c'est bien aujourd'hui que je mets les voiles. Soleil éclatant qui change tout ce qu'il touche en or et, vu d'en haut, c'est encore plus beau. Le fjord vire au turquoise, le fond marin exhibe ses curieux motifs, les falaises brillent comme des souliers neufs, mon hublot ne sait plus quoi faire de toute cette beauté, j'ai le goût de brailler, évidemment.

À Puvirnituq tout le monde descend, l'avion reprend du carburant et moi aussi, je cherche frénétiquement Andrew dans tout l'aéroport, Andrew mon être humain préféré à Puvirnituq, et peut-être bien au Nunavik, et peut-être bien dans le monde entier. Andrew mon cœur, mon ange, mon petit ours, je cherche sa figure ronde, son large sourire, ses yeux vifs qu'il camoufle sous de drôles de lentilles colorées. Andrew, dix-neuf ans et bien trop sage, vous autres qu'on décrit souvent comme de grands enfants, vous avez pourtant des enfants qui ressemblent à de vieux sages. Andrew mon cœur, mon ange, mon petit ours, Andrew me sourit comme s'il pilotait une voiture de course et non pas un simple chariot d'entretien de l'aéroport. Andrew travaille tout le temps, chez Air Inuit pour un maigre salaire, le reste du temps avec les enfants du village, pour rien du tout. Un jour, j'ai demandé à Andrew pourquoi il refusait qu'on le paie.

C'est ma communauté. Il y a quelques années, les choses ont mal tourné. Très mal tourné. Hors de contrôle. Il faut que je fasse quelque chose pour ma communauté.

Andrew ne veut pas donner de détails, mais derrière ses lentilles colorées, on voit toute la tristesse du monde, et la volonté déchirante de me tenir à l'écart de cette folie, oh Andrew, si tu savais.

Andrew, mon être humain préféré à Puvirnituq, et peut-être bien au Nunavik, et peut-être bien dans le monde entier, vingt minutes avec Andrew pour me propulser bien plus loin que toute l'essence du réservoir de notre avion.

À Inukjuaq mon regard se décolle du hublot pour venir se poser sur les deux jeunes passagers qui montent à bord, menottes aux poignets. Un beau voyage *gratis* vers Montréal, un voyage peut-être déjà fait et probablement à refaire encore, le forfait habituel palais de justice-prison, séjour gratuit de quelques mois ou quelques années, un tout-inclus populaire chez les jeunes du Nord.

Inukjuaq revient de loin, revient de 1999, cette année terrible qui a vu sa jeunesse décimée par dix-neuf suicides en un an, dix-neuf suicides en un an, c'est énorme, mais dans une communauté de mille six cents habitants, la douleur devient atrocement personnalisée.

Inukjuaq revient de loin, grâce aux femmes du village qui se sont dit qu'il y avait un *crisse de boutte à toutte*, un *crisse de boutte* à empiler des cercueils sur la terre gelée en attendant que le printemps revienne, un *crisse de boutte* à graver dans des croix de bois des dates de naissance et de mort qui ne comptent pas vingt ans de différence.

Inukjuaq revient de 1953, revient de l'exil forcé par le gouvernement canadien, la moitié du village déportée à deux mille kilomètres au nord, près de Grise Fjord et Resolute, dans l'Extrême-Arctique. Inukjuaq revient du gouvernement qui voulait assurer sa présence toute canadienne jusqu'aux confins de son territoire parce que de toute façon, ils survivent déjà très bien dans le *frette*, un peu plus *frette* ou un peu moins *frette*, ça ne doit pas faire de grande différence non ? Ils ont fini par revenir, par retrouver leur chemin jusqu'à la maison, mais leur histoire a moins ému que *Retour au bercail*, j'attends toujours le film.

Inukjuaq revient de loin grâce aux femmes du village qui ont secoué les hommes et rassemblé la communauté pour qu'elle se prenne en main, mis sur pied des initiatives pour lutter contre toute cette détresse, Inukjuaq a la démarche chancelante du convalescent longuement alité, mais résolument debout pour ses premiers pas sous le soleil.

*

Umiujaq le village suivant, encore des déplacés, ils sont venus de Kuujjuaraapik quand on a construit le barrage de la baie James. On ne veut pas le savoir que tout ce confort a un prix, le Québec moderne et sa belle énergie verte, « maîtres chez nous » c'est aussi maîtres chez eux, mais qui aura une pensée pour quelques centaines d'Inuits dans la chaleur douillette d'un salon de Drummondville ?

Finalement Radisson, au sortir de l'avion c'est l'odeur des arbres qui prend par surprise, des mois sans respirer votre odeur d'arbres, et les rangées serrées d'épinettes exhalent un parfum puissant, à quelques dizaines de mètres de la piste, comme pour me consoler de la toundra. Dans l'aéroport c'est long, comme d'habitude, je gratte ma guitare pour passer le temps, la jeune détenue s'approche pour me faire ses demandes spéciales, je lui offre d'essayer l'instrument, je n'avais pas pensé aux menottes, et il ne faut pas compter sur le policier pour une permission. Elle doit se contenter d'une vieille chanson de Shawn Phillips et de mon sourire qui voudrait lui dire qu'elle reviendra de loin, elle aussi, un jour.

34

Montréal. C'est toujours pareil. Du haut des airs la ville n'en finit plus de dérouler ses maisons, ses gratte-ciels, ses boulevards, ses lampadaires, ses autoroutes, ses *McDo*, ses centres d'achats, ses stationnements. Combien de fois je peux faire entrer Salluit au complet dans ce désert de civilisation, cent fois, mille fois ? Une petite centaine de maisons, deux écoles, un poste de police, deux magasins, un hôtel, un aréna, une garderie, l'hôtel de ville, l'église, le centre administratif, le centre communautaire, le centre jeunesse, la clinique médicale, le garage municipal, le réservoir d'eau, la piscine, le port. Combien de fois ?

C'est toujours pareil. Pour plusieurs jours je serai comme une correspondante à l'étranger prise dans un pays en guerre, toujours en décalage de quelques secondes avec la présentatrice du *Téléjournal* tirée à quatre épingles dans son confortable studio de Montréal. J'errerai comme une somnambule dans les allées de nos éléphantesques supermarchés, abasourdie devant cette abondance grossière et ces produits que l'on jettera alors qu'ils seront encore en meilleur état que ce que l'on nous offre dans le Nord. Je chercherai sans cesse un visage connu dans n'importe quel lieu public et finirai par me sentir bêtement seule de ne croiser aucun sourire ni d'entendre résonner joyeusement mon prénom. Et un beau jour, peut-être à la sortie d'un métro, au centre-ville, probablement, je verrai quelques visages aux yeux bridés, un *nasaq* coloré sur la tête comme dernier vestige des royaumes du Nord, une main fripée, tendue, des mots prononcés dans cet anglais rude si familier, de vieux guerriers déchus dans la grande ville.

Les gens se demandent pourquoi vous partez de chez vous, Eva, pour atterrir sur l'impitoyable ciment d'une ville où vous ne connaissez personne, mais c'est tout simple, au fond, c'est pour ne connaître personne, justement. Dans un village de quatre cents habitants, c'est difficile de ne pas voir quelqu'un. Quand ce quelqu'un vous a violés ou a tué un membre de votre famille, le métro de Montréal peut sembler bien accueillant.

Un jour, peut-être, Jimmy sortira de prison et fera la route de Saint-Jérôme jusqu'à Salluit, un jour, peut-être, il croisera Elijah, ton fils, et peut-être qu'Elijah trouvera que le village n'est pas assez grand pour eux deux. Si jamais je vois Elijah en train de quêter à la sortie du métro Atwater, je te promets, Eva, je le ramène à la maison.

PARTIE II
ELIJAH

1

Certains ont dit qu'elle n'était pas la tienne. On ne saura jamais s'ils avaient raison, comme la plupart du temps, ici. De toute façon, ils appartiennent à tout le village, les enfants.

Vous étiez plusieurs à rêver de la jolie Maata, plusieurs à vouloir goûter sa peau fine, son cou gracieux, la pointe de ses cheveux noirs effleurant délicatement sa nuque. Maata, seize ans à peine, Maata chatouillant vos désirs du bout de ses doigts de petite fée, Maata n'a jamais révélé le nom des hommes qui ont connu son corps, mais les murmures du village ont porté la nouvelle d'une maison à l'autre, puissants comme les vents d'automne. Tout le village parlait de toi, parce qu'on ne peut pas se faire de jardin secret, ici, tu n'as pas pu creuser un trou dans la terre gelée et y cacher ton amour immense, y enterrer ton cœur de guerrier, silencieusement, aux pieds de Maata.

Le village parlait aussi de Lucassie : l'aimait-il autant que toi ? Lucassie et Elijah, deux hommes pour une seule femme, deux hommes qui ont tous deux posé leurs lèvres au creux de son épaule, à quelques nuits de distance seulement, deux hommes qui pourraient avoir semé cette Cecilia au creux des reins de Maata, et le village entier murmure lequel des deux lequel des deux lequel des deux. Tous les deux vous avez regardé son ventre grossir sous le regard des autres, tous les deux dans l'incertitude, tous les deux sans savoir lequel aurait bientôt une fille, lequel serait à jamais lié à Maata, lequel des deux.

Elle est arrivée un soir d'automne, l'automne qui ressemble tant à l'hiver, chez vous. Vous avez contenu votre inquiétude, contenu la peur que Cecilia n'arrive pas à tracer son chemin sans briser la si délicate Maata, mais vous aviez peur pour rien, Maata est encore plus forte qu'elle n'est minuscule. Elle est arrivée un soir d'automne, sans faire de bruit, belle et sage, et Maata a dit qu'elle était à toi. Tu n'avais que dix-huit ans mais tu étais maintenant papa. Lucassie n'a rien dit, acceptant la défaite comme vous le faites la plupart du temps : en silence. Lucassie n'a pas voulu se battre, mais le village a continué de murmurer dans son dos, et dans le tien.

Tu étais heureux quand même, heureux à côté de Maata le bébé dans le capuchon, heureux de sentir les petits doigts de ta fille sur ton index fripé par le froid, heureux d'être père, toi qui n'avais pas connu le tien.

Vous avez gardé le bébé, ne l'avez pas donné à une tante ou à une cousine comme le font souvent les adolescentes, posant les enfants chez les uns et chez les autres sans que personne ne s'en fasse, ils appartiennent à tout le village, les enfants. Maata travaillait de longues heures à la Coop, le landau à côté de la caisse, Cecilia la douce ne dérangeait ni sa mère ni les clients. Nous autres les Blancs, on vous donne souvent des leçons d'éducation, on vous dit comment élever vos enfants et on décide si vous êtes aptes ou non à vous en occuper, mais on ne tolère pas les nôtres dans beaucoup d'endroits.

*

Ton amie Aleisha n'a pas gardé son bébé, elle, Aleisha la petite reine de Salluit, l'impératrice capricieuse, la diva jalouse et stridente comme le vent dans une craque de mur. Aleisha la première dame de Salluit, elle a gravé son nom dans la peau de Tayara Nassak, la superstar locale du hip-hop, il lui appartient et vous êtes mieux de vous en souvenir, mesdames, et maintenant elle le tient, par les couilles et par le cordon ombilical. Aleisha voulait faire de son bébé une chaîne puissante pour entourer le cou de Tayara, mais un bébé c'est fatigant, et puis ça pleure tout le temps, le bébé est parti chez une cousine à Ivujivik, mais Tayara n'échappera jamais à Aleisha, elle l'appelle jour et nuit et le surveille de sa fenêtre, et quand elle a un doute, elle fonce chez lui chercher des fantômes de filles sous son lit. Tayara n'en peut plus, sa famille non plus, Aida, la petite sœur, dort n'importe où ailleurs que chez elle.

Elle entre dans la maison en souriant, elle dit bonjour à mes parents, elle me demande comment ça va, elle donne un bonbon à ma sœur, elle flatte le chien. Puis elle entre dans sa chambre et elle ferme la porte. Et elle hurle.

Pendant des heures, Aleisha poignarde Tayara avec des cris et des accusations, elle lui en veut pour ce qu'il fait, pour ce qu'il ne fait pas, pour ce qu'elle pense qu'il fait. Vous êtes des centaines qui auraient des milliers de raisons de hurler, et qui souffrez sans rien dire, mais Aleisha qui n'a jamais manqué de rien crie tout le temps, et elle enterre votre silence assourdissant.

Il y a des femmes qui crient et des hommes qui les laissent crier, Tayara ne dit rien, il attend que la tempête se calme, mais elle ne s'apaise pas, jamais. Tayara a craqué pour le joli cul et la moue boudeuse, il ne savait pas que les lèvres pulpeuses s'ouvriraient sur des crocs pour le déchiqueter furieusement, il ne savait pas qu'Aleisha était de ces femmes qui se jouent en boucle des tragédies grecques où elles tiennent le premier rôle, il la croit dans sa représentation de reine outragée alors qu'elle n'est rien d'autre qu'un bébé gâté.

Un bébé qui a maintenant un bébé. Un bébé au loin, chez une cousine à Ivujivik, mais un bébé qui sera malgré lui une arme quand sa mère en aura besoin. Ailleurs dans le monde, ils ont des enfants-soldats, mais vous autres vous avez des bébés-bombes, des bébés-mitraillettes, des bébés-pièges à ours. Un bébé dans les bras d'une enfant de seize ans qui en veut au monde entier et surtout à Tayara Nassak, un bébé pointé comme un missile nucléaire sur son propre père, un bébé-grenade qui n'a pourtant jamais demandé à exploser.

2

Cecilia commencera bientôt l'école. Ça fait toujours peur, l'école, mais ici c'est la jungle, la jungle glaciale, mais la jungle quand même. Il faut être fort, savoir rendre les coups, protéger ses zones tendres, Cecilia est si douce et petite, elle n'a que des zones tendres, j'ai peur qu'elle se fasse plumer comme un lagopède.

Tu te souviens de Jessy ? Oh, Jessy. Ils le traitaient de Blanc, c'était peut-être vrai, on n'a jamais su qui était son père, lui non plus. Jessy et ses yeux de faon, les chevreuils sont trop fragiles pour la toundra. Ils l'ont tellement brisé, il a cessé de venir à l'école, Jessy a peur des autres enfants comme vous avez peur des mauvais esprits, je ne veux pas qu'ils brisent Cecilia.

Il y a tellement de colère dans ces petits corps, des volcans en éruption, Tukka comme un minuscule char d'assaut au milieu de la cour d'école, avec mille bras comme autant de canons qui lancent des roches dans toutes les directions, une vitre brisée, puis deux, puis trois. J'ai couru sous les projectiles, plongé sur le char d'assaut, mais il n'y avait rien à faire, il a fallu la grand-mère dépêchée de toute urgence pour en venir à bout, les grands-mères calment toutes les tempêtes. Elles s'occupent de leurs petits-enfants pendant que les parents ont mieux à faire, sans doute, elles sont des nids douillets couverts de plumes d'eider[1], elles sont des igloos qui apparaissent miraculeusement en plein milieu des blizzards de mamans et de papas qui s'engueulent. Elles savent encore pêcher et vider les poissons, les planchers de leurs maisons sont couverts de carton où elles arrangent les prises, où elles découpent la peau de béluga pour en faire le *mattaq* dont se régalera le reste de la famille, où elles plument les lagopèdes et épluchent les renards. Elles ont toujours de la bannique et du thé noir au chaud dans la cuisine, elles cousent amoureusement des manteaux pour emmitoufler chacun de leurs nombreux petits-enfants, elles bercent les bébés quand leurs mamans ont trop

---

1. Espèce de canard migrateur.

bu, les grands-mères tiennent les enfants et les villages à bout de bras, d'un bout à l'autre de la toundra.

Et quand elles disparaissent c'est la catastrophe, la grand-mère de Jessy est partie à Montréal pour soigner son cancer et maintenant plus personne ne prend soin de lui, sa maman a dit qu'elle n'en voulait plus, sa grande sœur a dit qu'elle n'en voulait pas, les grands-mères sont souvent le seul espoir des enfants, mais les cancers s'en foutent.

*

Tukka ne se fait pas traiter de Blanc, lui, c'est un *Nigger*, ils sont de plus en plus nombreux au village à arborer cette jolie teinte chocolat au lait et ces yeux à demi bridés, depuis quelques années les Haïtiens de Montréal-Nord sont débarqués sur les chantiers. Une fois par année, Tukka et les autres s'en vont à Montréal voir leur papa, des fois maman en profite pour leur fabriquer un petit frère, mais des fois non.

Fred regarde la télé, coincé sur le divan entre deux gars du Bas-Saint-Laurent. Tukka, apaisé, passe devant le campement, monté sur sa petite bicyclette. Les gars du Bas-Saint-Laurent trouvent ça drôle.

Encore un des tiens ça, mon Fred? T'es productif pareil. Me semble que j'en ai vu au moins quatre, cinq depuis qu'on est arrivés. À moins que ce soit toujours le même, sont tout' pareils eux autres anyway. Estie de pervers, Fred. On sait ben, avec ta grosse queue...

Fred a une femme qu'il aime, Fred a deux enfants aussi noirs que lui, Fred n'a jamais touché à une femme du Nord, mais il se tait, même s'il sait que ce n'est pas lui le plus pervers des trois.

3

Vous venez nous voler nos jobs.

C'est Adamie qui le dit. Qui me le crache au visage, un matin où j'ai le malheur d'être blanche devant lui. Sur le perron, devant l'hôtel de ville, on a une belle vue sur les maisons du bord de l'eau, les maisons à refaire ou à construire, les maisons où ils s'activent du matin au soir, des hommes blancs, partout, sur les toits, sur les perrons, entre les murs.

Vois-tu des Inuits ? Vois-tu des Inuits ?

Adamie tempête comme un blizzard à deux pouces de mon visage, indique rageusement les chantiers d'un grand geste désordonné de ses longs bras maigres, Adamie le visage émacié d'un hiver qui n'en finit plus de finir.

Salluit. « Les gens maigres ». Quand vos ancêtres sont venus s'installer, il y a des milliers d'années, on leur avait promis du gibier à ne plus savoir quoi en faire, des caribous broutant à l'infini dans la toundra, des phoques et des lagopèdes trop gras pour se sauver à leur approche, des bélugas bondissant dans leurs kayaks. Mais il n'y avait rien, rien pour remplir leurs ventres creux jusqu'aux orteils, rien pour les enfants qui pleuraient et rien pour les femmes qui les portaient, rien.

Aujourd'hui les famines sont loin derrière, mais tout votre corps s'en souvient, la faim est inscrite dans votre sang, dans vos os. Les enfants attablés dans la cuisine de l'école attendent la collation, il ne faut jamais laisser la nourriture sans surveillance, ils se jetteront dessus comme des loups, ils ne laisseront rien, pas une miette, ils dévoreront en quelques minutes les provisions de tout un été, vos corps n'ont rien oublié, vous avez faim et vous êtes insatiables.

Adamie m'en veut de lui voler sa job même si je sais à peine tenir un marteau, Adamie m'expulserait sur-le-champ de son village avec tous les autres Blancs, tous à bord d'un avion et ne revenez plus, et je ne sais pas comment lui dire que nous rêvons nous aussi de les voir partout, sur les chantiers, à l'école, à la clinique médicale, dans les bureaux du gouvernement, partout.

Tous les Inuits que j'engage me laissent tomber un après l'autre, Adamie.

4

Personne ne t'a volé ta job, Elijah, mais on t'a pris bien plus précieux.

Il est arrivé au printemps, comme les autres. Il venait d'un petit village de la région de Portneuf. Les gars des chantiers sont des soldats partis de l'autre bord : ils se racontent leurs villages avec tendresse et ils sourient d'une fierté mouillée quand ils tombent sur quelqu'un qui connaît leur coin de pays. Après un mois ou deux ils ont dix jours de vacances et ils s'en vont retrouver leur patrie comme de jeunes lieutenants en permission.

Il s'appelait Félix. Il avait peut-être trente-cinq ans, peut-être moins. Il parlait peu, il souriait souvent. Il riait fort. Il avait une barbe de plusieurs jours, quelques poils gris qui commençaient à piquer ses tempes. Les yeux gris, ou bleus, ça dépendait des jours et de la couleur de sa veste. Il restait au campement de Makivik.

Quand la chair fraîche arrive en ville, ça se sent. Les filles surveillent les arrivages et se disputent les meilleures prises. Mais pas toutes, certaines s'en foutent, Maata s'en foutait, et Félix aussi, c'est peut-être pour ça qu'ils se sont trouvés.

Maata avait grandi en même temps que Cecilia. Elle avait atteint la vingtaine mais ressemblait encore à une petite fée, une fée besogneuse penchée sur ses livres de mathématiques jusqu'à tard dans la nuit, pendant que les autres faisaient la fête, elle travaillait fort pour terminer son secondaire. En attendant, elle gagnait sa vie la fin de semaine dans la cuisine d'un camp de construction avec sa copine Mary. Maata la souris discrète, Mary la ricaneuse volubile, toutes deux assistaient Rémi, le cuisinier en chef, un drôle de Français qui avait fini on ne sait comment dans leur village du bout du monde. Les gars s'étiraient le cou pour voir derrière les comptoirs, apercevoir la courbe généreuse des seins de Mary lorsqu'elle se penchait au-dessus des assiettes, regarder ses fesses charnues se presser de la cuisinière à l'évier au réfrigérateur, s'imaginer empoigner ses hanches larges au milieu des appétissants effluves de pâté chinois[1].

Mary avait le bonheur facile et accueillait tous les petits plaisirs avec une joie débordante : le restant de tarte aux bleuets offert par Rémi pour apporter à la maison ou le jeune plombier l'emmenant en balade dans son *pick-up*, un chemin désert s'éloignant dans la montagne, le jeune plombier aux yeux mi-clos, le visage coincé entre ses seins. Les gars ont mis du temps à remarquer Maata, disparaissant la plupart du temps derrière son énorme pile de légumes à éplucher.

★

1. Plat québécois composé d'une superposition de bœuf haché, de maïs et de pommes de terre en purée.

Félix n'avait jamais trop aimé regarder la télévision, quand les nuits se sont mises à tarder à venir, en mai, il occupait l'interminable clarté par de longues balades sur les routes qui s'allongent de plus en plus, chaque année, aux extrémités du village. Le progrès en marche : à chaque été quand on revient, l'avion survole Salluit et c'est un choc, le village s'étend plus vite que la plus redoutable des banlieues, de nouvelles maisons, encore, de nouveaux quartiers, de plus en plus loin, mais on n'arrive pas à construire aussi vite que vous faites des bébés. Les chemins creusent de plus en plus les montagnes, on dit qu'un jour la route ira de Salluit jusqu'à la baie Déception, à cinquante kilomètres à l'est, ça fera plaisir aux gens de la mine Raglan, ils adorent creuser, eux. Félix s'en tenait aux chemins, la neige trop molle du printemps comme du crémage glissant sur la toundra.

C'est en mai que le village commence à ne plus dormir, les enfants dehors toute la nuit, les enfants escaladent les monticules de planches que Félix utilisera le lendemain, mais il ne dit rien, des fois il leur sourit. Les filles se retournent dans son sillage, entendent la neige crisser sous ses bottes comme un appel, mais il poursuit sa route, il ne cherche pas de compagnie, la solitude est précieuse quand on vit jour et nuit avec une quarantaine d'hommes.

Un soir il est rentré comme les filles sortaient,

elles venaient tout juste de terminer la vaisselle, il a reconnu Mary et son large sourire, mais il ne se souvenait pas avoir aperçu Maata, il l'a regardée s'éloigner, tête nue malgré le froid, ses fins cheveux noirs frôlant la fourrure blanche de son capuchon. À présent Félix aussi s'étirait le cou, laissant les formes généreuses de Mary au plombier et à tous les autres, adressant un demi-sourire à Maata lorsqu'il parvenait à croiser son regard derrière les pommes de terre. Un soir Mary est montée dans le camion de son plombier, et Maata a emboîté le pas à Félix qui partait pour sa promenade, sans rien dire, sans lui demander si elle pouvait l'accompagner, ils savaient tous les deux qu'ils avaient envie de marcher silencieusement, ensemble, dans la neige molle.

Tu t'es demandé qui avait commencé, si c'était elle, si c'était lui, comme si ça pouvait changer quoi que ce soit, comme si ça allait te faire moins mal, mais ça déchire quand même, Elijah. Ce n'est pas elle, ce n'est pas lui, ils ont simplement beaucoup marché, et parlé peu, ce soir-là et les suivants, quand Maata ne travaillait pas, Félix faisait un détour pour passer devant sa maison. Le village entier les a vus marcher ensemble et toi aussi, au printemps la nuit refuse toute discrétion, ils se sont tous mis à murmurer dans ton dos, encore.

★

Au mois de juin, Félix a devancé le plombier pour prendre les clés du camion, ils sont partis au creux de la montagne, tous les jeunes du village font l'amour dans des camions au creux de la montagne, le seul endroit à l'abri, aucun d'entre vous ne peut rêver d'une chambre à lui tout seul pour enlacer son amoureuse.

Chacune ses fantasmes exotiques : les Blanches rêvent d'une étreinte sur un lit de mousse dans la toundra, sous le regard des aurores boréales, les Inuites voudraient un grand lit douillet dans une jolie chambre, propre et calme.

Pendant que Félix posait ses lèvres sur celles de Maata, emprisonnait tendrement son menton entre ses doigts, dégageait les cheveux de sa nuque, toi tu guettais son retour par la fenêtre, dans le salon où ta belle-famille faisait mine d'être absorbée par une télé-réalité américaine. Cecilia dormait.

5

Elle est rentrée tard. À pied. Elle ne voulait pas que tu la voies descendre du camion. Elle s'est couchée à côté de sa sœur dans le grand lit au milieu du salon, elle a fait mine de ne pas te voir assis dans un coin de la cuisine, dans la pénombre.

Deux jours plus tard Félix est parti en

vacances, tu as souhaité qu'il ne revienne pas. Il est revenu, juste à temps pour la débâcle[1]. Ils ont grimpé ensemble en haut de la falaise pour admirer le spectacle. La glace craquait de partout depuis un bon moment, les jeunes traversaient pourtant encore à vive allure à motoneige, d'un bord à l'autre de la baie. Ça s'est mis à craquer plus fort, ça s'est mis à gronder, le fjord entier s'est mis en marche, révolté contre l'hiver et sa prison de glace, le fjord a ramassé tout son courage et a fendu la banquise d'un seul coup, l'eau a surgi rageusement, de partout, et le courant vengeur a emporté les glaces au large, loin, pendant que les vagues fêtaient leur liberté pour Félix et Maata.

Ils se sont éloignés du bord, ont trouvé un petit creux à l'abri derrière les rochers, se sont installés dans un vieux sac de couchage, ils se sont étreints avec plus de chaleur pour oublier la fraîcheur de l'air.

Tu t'es demandé qui avait commencé, si c'était elle, si c'était lui, comme si ça pouvait changer quoi que ce soit, comme si ça allait te faire moins mal, toi qui avais dû la partager une fois, tu t'es demandé pourquoi elle avait encore envie d'un autre, et surtout pourquoi d'un Blanc.

Les Blancs sont une concurrence déloyale, ils

---

1. Phénomène de rupture et de détachement massif des glaces emportées par le courant d'un fleuve, d'une rivière, qui se produit généralement au printemps lors du dégel.

n'ont pas besoin d'être beaux pour vous prendre vos femmes, ils ont l'attrait de leur peau claire et ça suffit, ils sont la possibilité d'un ailleurs, d'une autre vie, d'un peu de bonheur, peut-être.

6

Rémi regarde Maata rougir quand Félix passe chercher son assiette, le Breton fraie dans le Nord depuis assez longtemps pour en avoir vu des tas, des dizaines de Blancs s'offrir une parenthèse nordique avec des femmes qui les aimeront trop.

Rémi ne dit rien, ne pose jamais de questions, accueille tout le monde avec gentillesse, sourit quand on lui demande ce qu'il fait si loin de chez lui, mais ne répond pas. Rémi est un pied-de-nez aux sentiers battus, Rémi est une trajectoire improbable, Rémi est l'une de ces étoiles incontrôlables qui apparaissent ici et là dans le ciel du Nord.

Rémi comme Miguel, né au Pérou de parents chinois, immigré au Canada, venu d'abord à Vancouver, puis à Montréal, un artiste en résidence au bout du monde, ses traits asiatiques le font passer pour un *Inuk*, mais il rêve en cantonais, et parfois en espagnol. Rémi comme Dara, né au Cambodge, venu au Québec à dix-huit ans, de retour à Salluit tous les étés pour mettre de l'ordre à la Coop, il cuisine des sushis et du tartare au sésame avec l'omble chevalier, le goût du Nord marié aux épices cambodgiennes. Comme Victor le Camerounais, professeur de mathématiques, Ahmed l'Algérien, professeur de sciences, Dean le Tanzanien, professeur d'anglais. Comme Jamie, travailleur social jamaïcain.

★

Rémi aime marcher sur les quais, ça ne ressemble pas à la Bretagne, mais c'est la mer quand même. Devant les falaises s'alignent les conteneurs fraîchement débarqués comme des sentinelles de la toundra. Les enfants sautent de l'un à l'autre, comme d'habitude, les enfants dans leur petit monde d'enfants avec ses lois bien précises, les enfants sont habitués de se débrouiller tout seuls, c'est peut-être pour ça qu'ils écoutent si peu les adultes.

Rémi entend une roche siffler à son oreille, n'a pas besoin de se retourner pour savoir que ça vient de Saami, il lui en lance souvent. La plupart des gars de Makivik rêvent de lui en balancer une, à Saami, le sale morveux comme on dirait chez Rémi, le petit *crisse* comme on le dit plutôt ici. Saami lance des roches, brise des vitres, grafigne les camions. Saami vole des matériaux, insulte pour le plaisir, détruit tout ce qu'il peut. Ils sont nombreux à rêver de lui régler son compte, le soir dans les camps de construction, mais pas Rémi, Rémi n'a jamais rêvé de frapper personne.

Rémi poursuit sa route et s'abrite sous le hangar à bateaux, il attend. Quand Saami passe devant lui, il le laisse prendre de l'avance, puis le suit. Ce n'est pas la première fois. Quand la nuit a cessé de venir, en mai, Rémi a pris l'habitude de se balader dans le village, très tôt, avant de préparer le déjeuner de *ses gars*.

Un jour il est passé devant chez Saami, les gars auraient été contents, le petit *crisse* était en train de manger une *tabarnak* de raclée. Rémi s'est rué sur l'armoire à glace qui enfonçait ses pieds dans les côtes de Saami, l'a poussée de toutes ses forces. Le colosse s'est écrasé mollement. Soûl mort. Saami s'est levé sans un mot, est entré dans la maison. Saami ne dit pas merci, il lance des roches, mais Rémi s'en fout, il passe presque tous les soirs devant sa maison, au cas où.

7

Les printemps ne sont jamais faciles pour toi, Elijah, jamais faciles depuis cinq ans. Jamais facile de voir les glaces libérer le fjord, laisser suffisamment d'espace pour y jeter un corps. Un corps ça se glisse si bien entre deux morceaux de glaciel, ça glisse doucement sous l'eau, sous la glace, ça disparaît sans laisser de traces, les courants enragés du printemps l'emportent au loin, là où on ne le retrouvera jamais.

Elle le savait, elle le savait que chaque printemps, tu entends la voix de ta mère crier plus fort que le fracas des glaces, elle savait que cette année encore, tu mettrais ton canot à l'eau avec une douloureuse impatience, elle savait que tu disparaîtrais quelques jours, le temps de chercher des fantômes jusqu'à ce que la raison reprenne le dessus. Elle le savait et elle t'a tourné le dos, pendant la débâcle elle mordillait le cou d'un autre et toi, tu voyais des milliers de femmes flotter parmi les glaces, comme chaque année quand la banquise se brise, mais pour la première fois, Maata n'était pas avec toi.

Elle est rentrée plus tard, elle sentait la terre mouillée, toi comme un chien mendiant des caresses, tu voulais pleurer, c'est la débâcle, flatte-moi[1], c'est la débâcle et ma mère est morte, j'ai juste toi pour m'aimer et ma fille si c'est bien la mienne, flatte-moi un peu s'il te plaît c'est la débâcle, mais comme les hommes du Nord, tu n'as rien dit, vous avez fait semblant de rien, tous les deux. Tu es parti tôt le lendemain pour ton pèlerinage annuel, elle n'a rien dit.

---

1. En français québécois, « flatter » signifie « caresser ».

8

Ça parle fort dans une cantine de camp de construction, les hommes traitent les femmes de bavardes, mais ils sont bien pires. Félix ne parle presque pas, lui, mais les autres s'en chargent à sa place.

En tout cas, a doit être tight en estie. A suce-tu pas pire ? A l'air tellement gênée, mais souvent c'est eux autres les plus cochonnes. Non mais t'en as pogné une belle, mon Félix, au moins elle a encore toutes ses dents, tsé, par ici, c'est pas toujours garanti.

Félix mange en silence, garde pour lui les tendres détails, n'a pas envie d'exhiber en mots le corps délicat de Maata et la douceur de leurs étreintes. Moins il parle et plus les autres le font pour lui, ils jettent des regards derrière le comptoir pour vérifier les dimensions des seins de Maata, et de ses hanches, et de son cul, ils n'ont pas compris qu'une femme n'est pas une addition mais un tout, ils aiment le sexe mathématique.

Félix parle peu, au Nord comme au Sud, ni aux hommes ni aux femmes. Maata aimerait en savoir un peu plus, savoir si elle est la seule, surtout. Mais il ne dit rien, il parle avec ses mains, ses mains disent c'est toi que je veux, ses mains disent tu es belle, ses mains disent je t'aime, mais elle voudrait tellement que sa bouche le dise aussi.

9

Cecilia ne dort pas. Elle pense à la pute. Elle ne sait pas ce que c'est, mais elle est certaine que ce n'est pas une princesse. Elle ne croit pas non plus qu'il s'agisse d'un animal. Elle est assez certaine que ce n'est rien de joli ni de gentil. C'est Saami qui l'a dit, et Saami ne dit jamais rien de gentil.

Ta mère est une pute.

C'était plus tôt dans la journée, quelque part au milieu de l'après-midi. Cecilia jouait avec Ruusie, la petite sœur de Saami, devant leur maison. Saami venait de se lever. Quand on passe ses nuits à régner en maître sur les conteneurs de la marina, on dort le jour. Il est sorti sur la galerie, a aperçu Cecilia, a prononcé ses premières paroles de la journée.

Ta mère est une pute.

Il a souri de son insupportable sourire satisfait, et il est retourné dans la maison. Cecilia n'a pas encore osé demander à personne c'était quoi, une pute, ni à son père ni à sa grand-mère, surtout pas à sa mère. Elle ne voit pas souvent sa mère de ce temps-là. Elle travaille beaucoup et elle rentre tard. Tiens, justement, elle n'est pas encore rentrée. Cecilia se lève, passe invisible derrière le divan où le reste de la famille s'entasse. Ils sont captivés par le téléviseur, ne la remarquent pas. Son père boit à même la bouteille.

Cecilia enfile ses bottes de caoutchouc et sort en pyjama. Elle marche vers le campement, une petite zombie en imprimés de chatons, elle marche sans porter attention aux nuées d'enfants qu'elle traverse, des dizaines de petites processions d'enfants en fuite, ils fuient tous quelque chose, ils passent leurs nuits dehors parce que la vie y est tellement plus douce que dans leurs maisons. Elle marche vers le campement, elle s'approche, quelques hommes grillent une cigarette dehors, ils pensent qu'elle est une apparition, un esprit en pyjama rose, un fantôme envoyé par les enfants qu'ils ont semés dans la toundra, ils font des blagues, ils rient nerveusement. Elle se plante devant eux, elle ne dit pas un mot. Les hommes ne savent que faire, se tortillent de malaise, se sentent coupables mais elle ne leur reproche rien. Quelqu'un marmonne quelque chose à propos des irresponsables qui ne s'occupent pas de leurs enfants. Ce n'est pas grave, Cecilia ne comprend pas le français. Quelqu'un dit que c'est peut-être la fille de l'une des employées. Quelqu'un va chercher Rémi.

Rémi reconnaît Cecilia, s'agenouille devant elle, flatte tendrement ses cheveux. Il sait que Maata est partie. Il ne sait pas quand elle reviendra. Il prend Cecilia par la main et l'emmène à l'intérieur, l'installe à l'une des tables, désertes à cette heure. Il lui trouve du papier et des crayons. Cecilia n'a pas envie de dessiner. Elle ne bouge pas. Rémi non plus. Ils attendent en silence.

Le gravier gémit sous le poids du camion qui revient. Les portières claquent. Cecilia dresse les oreilles, reconnaît le pas léger de sa mère qui s'éloigne. Elle bondit vers la porte, l'ouvre à la volée, fonce tête première dans le ventre de Félix qui s'apprête à entrer. Ils se regardent. Les yeux de Félix sont deux phares dans la nuit et Cecilia est un orignal paralysé par la peur, elle parvient péniblement à détacher son regard et court rejoindre sa mère. Maata soulève sa fille et poursuit sa route, Cecilia s'endort instantanément.

Dans son lit étroit, Félix ne dort pas. Il a une fille aussi.

10

Ils sont loin du village, ils ont suivi la route qui se rendra peut-être un jour jusqu'à la mine. Félix lui demande le prénom de sa fille.
Cecilia.
Félix trouve ça joli. Il pense à la chanson de *Simon and Garfunkel*. Maata ne la connaît pas. Il lui chante. Il regrette de ne pas avoir sa guitare. Il ne chante plus. Il dit qu'il a une fille aussi. Laura. Elle est plus vieille que Cecilia, elle aura dix ans cet été. Maata retient son souffle. Elle veut qu'il parle encore. Mais il l'embrasse. Il

fait descendre doucement la fermeture éclair de son chandail à capuchon. Ce n'est pas grave, Maata est patiente. Ses mains lui disent qu'il l'aime.

Il a enlevé sa veste, elle gît sur la banquette arrière. Il a le nez dans ses cheveux, il ne voit rien, mais Maata voit très bien, elle, elle voit son portefeuille qui dépasse de la poche de sa veste. Elle lui caresse la nuque de la main gauche et étire la droite vers la veste, elle saisit le portefeuille et parvient à le glisser sous son banc. Elle glisse sa main droite sous le t-shirt de Félix.

Plus tard ils reviennent au village, Félix la dépose au campement, comme d'habitude, ne remarque pas qu'elle traîne quelques secondes dans le camion avant d'ouvrir la portière. Elle lui dit bonne nuit et s'éloigne, le cœur battant. Elle se cache dans un cabanon. Elle ouvre le portefeuille. Elle regarde son permis de conduire. Il a trente-trois ans. Il a des cartes de crédit et cent dollars en argent comptant, mais ça ne l'intéresse pas. Elle cherche des photos. Elle en trouve deux. Il y a une petite fille qui a les mêmes yeux que lui. Il y a une femme qui a le même sourire que la petite fille. Elle se console en se disant que la photo ne semble pas récente.

Elle revient sur ses pas. Elle jette le portefeuille par terre à côté du camion, côté conducteur.

11

1er juillet. Vous fêtez le Canada, mais tu n'as pas le cœur à la fête. Tu es venu quand même. Maata a dessiné une feuille d'érable rouge sur la joue de Cecilia. Vous êtes arrivés ensemble, comme une famille. Tu as apporté de la *Budweiser* en canettes. Maata ne boit pas, tu bois pour deux.

Il y a tellement de gens, tu es étourdi. La musique est forte : du *country* en inuttitut. Le drapeau du Canada en imprimé sur des chaises de camping. Un feu de camp où brûlent les vieilles palettes récupérées sur les chantiers. Pas d'arbres, pas de bûches.

Tu marches un peu, tu salues des cousins, des amis. Tu ne vois pas de *Qallunaat*. Tu te détends légèrement. Tu n'as rien à craindre, Elijah, les Québécois du Sud n'ont pas souvent le cœur à la fête le 1er juillet[1], mais tu ne peux pas savoir, tu n'as jamais pensé que tu étais québécois, tu es canadien, comme la plupart des Inuits, tu écoutes de la musique en anglais, et des films en anglais, et des émissions de télévision en anglais.

Tu regardes Maata, tu te demandes si elle est déçue, tu cherches la réponse sur son visage, mais tu ne peux rien lire sur sa peau lisse. Tu

---

1. Le 1er juillet est la fête nationale du Canada. La narratrice fait ici référence à un sentiment souverainiste partagé par certains Québécois qui ne prennent pas part aux festivités de cette journée.

la laisses parler avec ses copines, tu t'éloignes tranquillement de la fête. Une fille titube devant. Tu la dépasses, c'est Aleisha, tu t'arrêtes. Elle a bu beaucoup, toi pas tant que ça. Vous marchez ensemble.

Je trouve pu Tayara. Je suis sûre qu'y est parti dans'montagne avec Maggie. Fucking pute. Ostie de bitch de chienne sale de pute. Salope. Viens-tu avec moi ? On va les trouver. On va leur défoncer la face.

Tu suis Aleisha, vous grimpez tant bien que mal dans la montagne, vous vous échangez la canette de *Budweiser*. Il n'y a personne. Vous vous laissez choir sur des rochers. Aleisha approche son visage du tien.

On devrait se venger. On devrait leur faire la même affaire. Tu devrais pas te laisser niaiser toi non plus.

Vous vous embrassez, tu as l'impression qu'Aleisha va te dévorer, elle enfonce sa langue profondément dans ta bouche, elle te mord, elle agrippe tes cheveux courts. Tu écartes les pans de sa veste et caresses ses seins tendus sous sa camisole, ils sont plus gros que ceux de Maata, ça te fait drôle. Elle te pousse sur le dos. Elle défait ta ceinture, baisse ton pantalon, te prend sans hésiter dans sa bouche. Tu sens un drôle de serrement dans ta poitrine. Tu la repousses, te lèves, remets ton pantalon.

Voyons qu'est-ce qui te prend ? Où tu vas ? Voyons t'es pas ben ! C'est quoi ton fucking problème ? T'es fif, c'est ça ? Pauvre Maata, je la comprends de fourrer son Blanc.

Tu n'écoutes plus. Tu es déjà parti.

12

1er juillet. Félix s'approche du téléphone, sort sa carte d'appel. Ils ont tous le même air, les gars des chantiers, quand ils sortent leur carte d'appel et s'approchent d'un téléphone, ils ne sont plus des hommes virils, ils sont des petits garçons qui s'ennuient.

Félix compose le numéro qu'il sait par cœur, retient son souffle en comptant les sonneries – une, deux, trois – Maude répond. Elle demande comment il va d'une voix enjouée. Elle demande s'il fait encore très clair. Elle demande s'il arrive à dormir. Il voudrait répondre que non, qu'il ne dort pas parce qu'elle lui manque, mais il lui dit qu'on s'habitue aux nuits trop claires, il lui parle du soleil de minuit parce qu'elle aime ça et que ça la fait rêver, il sait qu'en ce moment elle doit plisser les yeux comme si la toundra se superposait aux champs de blé devant sa maison.

Elle lui passe Laura, il entend avec bonheur la voix flûtée de sa fille, il l'écoute les yeux fermés, il pense à une hirondelle, sa fille est une hirondelle. Il dit bonne nuit à Laura, il dit : « Passe-moi maman. » Elle remet le téléphone à sa mère.

Je m'ennuie de toi, Maude.

Elle ne répond pas. Pas tout de suite. Ils respirent ensemble.

Félix...

Il raccroche, il ne supporte pas ce ton désolé, il ne veut pas entendre la suite, ne veut pas entendre qu'ils étaient trop jeunes à l'époque, qu'il a toujours été un bon père, qu'elle l'aime beaucoup, il ne veut pas qu'elle l'aime beaucoup, il veut qu'elle l'aime. Il ne veut pas qu'elle lui souhaite de rencontrer la bonne, c'est elle la bonne et elle le sait, il remet brutalement sa carte d'appel dans son portefeuille et il va se coucher.

13

Marée basse. Elle ne travaillait pas, elle a invité Félix à la rejoindre après le dîner. Elle lui a dit de ne pas trop manger.

Elle l'attend sur le quai avec des seaux de plastique. Ils s'éloignent de la marina. La baie est immobile, le soleil se fracasse sur les falaises et elles sont si excitées qu'elles ruissellent, ça sent la mer, Salluit est belle comme la Norvège.

Ils piétinent dans la vase et dans quelques pouces d'eau, ils plongent leurs mains dans l'eau glaciale pour soulever les roches, ils jettent des poignées de moules dans leurs chaudières. Elles sont toutes petites, rien à voir avec leurs cousines du Sud, comme si leur petitesse les protégeait de l'eau froide.

Félix a grandi dans le bois, il ne connaît pas la mer, il est heureux comme un enfant à *Old Orchard*. Maata ouvre une coquille et avale sa moule toute crue, Félix la regarde. Elle lui sourit, brise une autre coquille, lui tend le mollusque, les yeux rieurs. Il hésite une seconde avant de croquer. Il trouve ça bon. Ils rient. Les mains de Félix sont gelées, Maata les place sous son chandail. Elle ouvre une troisième moule, dépose délicatement la chair sur la langue de Félix.

Tu arrives à ce moment, tu as surgi d'en haut, sur les rochers, ils ne t'ont pas vu venir. Tu mets ta ligne à l'eau, sans un mot. Félix te salue. Tu lui fais un bref signe de tête. Il abandonne son seau aux pieds de Maata et s'approche de toi, il te pose mille questions, il veut tout savoir, ce que tu pêches, le meilleur endroit pour attraper du poisson, si tu as un bateau, qui t'a montré à pêcher, dès que tu réussis à assembler assez de courage pour répondre à une question il t'en envoie tout de suite une autre, tu n'y arrives pas, tu voudrais juste qu'il arrête de parler.

Maata continue de ramasser des moules avec une efficacité redoutable. Bientôt les deux chaudières sont pleines, elle les dépose à côté de Félix : « Donne-les à Rémi, il va les arranger. »

Elle s'en va. Félix a l'air surpris, mais il continue de te poser des questions. Il finit par te demander ton prénom.

Elijah.
Il dit qu'il s'appelle Félix, mais tu le sais.

14

On dirait que Rémi vient de gagner à la loterie. Il entraîne Félix dans la cuisine. Il vide leur butin dans l'évier et assigne le nettoyage à Félix. Il ouvre la porte du réfrigérateur, se fraie un chemin jusqu'au fond et en ressort comme un héros victorieux, le poing serré sur une bouteille de vin blanc : « Pour les urgences. »

Il sifflote en préparant la sauce, il est un Breton qui cuisine des moules et il est heureux. Ça sent tellement bon qu'ils ont peur que les autres arrivent pour réclamer une assiette. Ils mangent à même le chaudron, le sourire aux lèvres. Félix demande à Rémi s'il connaît un Elijah.

Oui. C'est le chum de Maata.

Félix se demande à haute voix si Elijah a réussi à attraper du poisson. Rémi fait semblant de ne pas remarquer que Félix rougit.

15

Le plombier a réclamé le camion. Félix et Maata sont partis à pied se trouver un coin de toundra. Ils s'assoient sur une roche. Maata appuie sa tête sur l'épaule de Félix, le nez dans sa barbe. Elle voudrait ne plus jamais bouger, s'ils pouvaient ne plus jamais bouger, si l'horizon pouvait finir juste au bout de son nez, elle n'a pas envie de voir plus loin que la barbe de Félix, le tissu rude de sa veste la pique sous le menton, mais ça ne l'empêche pas de vouloir rester là pour l'éternité. Félix caresse ses cheveux puis glisse la main sur son visage, dégage doucement son épaule pour la regarder.

Tu ne m'avais pas dit, pour Elijah.

Et toi tu ne m'avais pas dit pour la fille dans ton portefeuille, qu'elle voudrait lui hurler, est-ce que tu l'aimes encore, est-ce que tu la retrouves quand tu pars, est-ce qu'elle est plus belle que moi, est-ce que tu préfères les Blanches, elle voudrait lui crier tout ça, mais elle reste toute lisse, comme la baie, elle cache ses tempêtes dans le soleil de juillet. Elle dit que ce n'est pas grave. « Pour Elijah. Ce n'est pas grave. »

Moi je pense que c'est grave. Je sais c'est quoi aimer une fille qui est avec un autre.

Maata attend la suite. Mais la suite ne vient pas. Maata espère très fort que la fille dans le portefeuille en aime un autre.

16

Tayara Nassak adore les films d'espion, il en a vu beaucoup, mais cette fois-ci, c'est lui le héros. Il a acheté son billet il y a trois jours, sans le dire à personne. Il a sacrifié deux cent dollars pour un dix onces de *Smirnoff*. Il est passé chez Aleisha en fin de soirée. Ils se sont enfermés dans sa chambre, et avant qu'elle ne se mette à crier, il a sorti la vodka ; la hyène s'est transformée en chatte, instantanément.

Elle a bu une longue gorgée, elle a souri, elle a roulé sur lui, ils ont enlevé leurs vêtements pendant qu'elle continuait de boire. Elle était douce et tendre et gentille, elle ne hurlait pas, Tayara regardait la bouteille en se demandant ce qu'elle avait de plus que lui. Quand ils ont eu terminé, il s'est allongé dans son dos, il l'a longuement caressée d'une main tout en guidant la bouteille vers sa bouche, à intervalles réguliers. Elle a sombré dans le sommeil. Il s'est dégagé, a remis ses vêtements et a quitté sans bruit. Il est rentré chez lui, il a fait sa valise et s'est assis dessus. Il n'osait pas bouger, de peur de s'endormir ou de changer d'idée. À six heures il est parti, a croisé sa petite sœur, lui a dit de prévenir leurs parents. Il a traversé chez son ami Steevie, en face, le salon rempli de boucane et de bouteilles vides, comme d'habitude, quelques restants encore vivants, dont Steevie, le regard vitreux devant *Candy Crush* : « J'ai besoin d'un lift pour l'aéroport. » Steevie s'est levé, a fouillé sur la table pour trouver les clés du camion, ils sont passés chez Tayara pour prendre la valise et ils ont mis le cap sur l'aéroport. Pendant qu'ils montaient la côte, Tayara regardait le village s'éloigner derrière en se demandant quand il reviendrait.

Maintenant il est assis dans la salle d'attente presque vide, il regarde la porte avec anxiété, comme si la fixer pouvait empêcher Aleisha de surgir en hurlant, empêcher Aleisha de se jeter sur lui, de le griffer, de le mordre, de déchirer ses vêtements. Mais Aleisha n'arrive pas, et il monte dans l'avion, il a réussi, il est parti, il s'en va à Montréal et il sera une superstar, *fuck* Salluit, il se rendra jusqu'à L.A. et il aura toutes les filles qu'il veut, les salopes noires dans les vidéoclips, il les baisera toutes et elles n'oseront jamais crier après lui, il aura un gros revolver et il imposera le respect, avec son *gun* et avec sa queue.

17

Aleisha se réveille avec un solide mal de tête, la bouteille presque vide la narguant au pied de son lit. Elle prend sa douche. Elle a envie d'une *slush*[1], elle se dit que ça lui fera du bien. Elle marche vers le *Northern*. Elle revient chez elle tranquillement en sirotant son *punch tropical*, elle qui n'a jamais vu de palmiers. Elle croise Steevie, qui lui demande quand est-ce que Tayara

---

1. En français québécois dans ce contexte, « slush » signifie « granité ».

reviendra, il a oublié de lui poser la question ce matin. Elle ne comprend pas, il répète : « Il va rester combien de temps à Montréal ? » Elle échappe sa *slush*, elle court chez Tayara, elle veut le tuer mais il n'est pas là, elle tombe sur la petite sœur.

Tayara est parti à Montréal. Il ne sait pas quand il reviendra.

Aleisha tremble, elle veut absolument savoir quand il reviendra, elle répète de plus en plus fort : « Quand ? Quand ? Quand ? Quand ? » La petite sœur hausse les épaules, Aleisha la gifle et sort en pleurant. Et elle pleure pendant des jours, et elle boit pendant des jours, et elle hurle au monde entier qu'elle va se suicider. Elle ne le fera pas, ici il y a les gens qui le disent, et il y a les gens qui le font.

18

Tayara boit aussi, vive Montréal, c'est tellement facile.

Tellement facile, je veux une bière et elle est là, et elle ne coûte rien, presque rien, et je n'ai pas à me cacher de peur qu'on me la vole, tellement facile, vive Montréal, fuck yeah.

Il boit depuis qu'il est sorti de l'avion, c'est tellement facile. Facile de prendre la navette de l'aéroport jusqu'au centre-ville, le centre-ville et ses milliers de bars, le plus difficile, c'est de choisir, mais Tayara n'a pas choisi, il s'en fout, il a pris le premier qu'il a croisé, il s'est assis et il a bu.

I don't fucking care, les gens pensent que j'ai trop bu, Tayara est sorti du bar juste avant qu'on ne le mette dehors, *but I don't fucking care.*

Il a marché au hasard dans la chaleur poisseuse de juillet, il a marché soûl dans une ville où il avait pour une fois le luxe de ne connaître personne, il a marché jusqu'à ce que ses jambes ne répondent plus et il s'est effondré sur un banc de parc. Il a dormi un peu, appuyé sur sa valise.

Au matin il s'est souvenu du papier chiffonné dans sa poche de jeans, le nom et l'adresse d'Annie, une cousine de sa mère. Il ne l'a vue qu'une fois ou deux, elle est partie de Salluit bien avant sa naissance, elle s'est trouvé une job de Blanche quelque part au Sud et elle revient rarement, parfois pour des funérailles, quand elle a le temps, elle travaille beaucoup.

Dorval. Il n'a aucune idée où c'est, il réfléchit, il pense que c'est là que se trouve l'aéroport, il se dit qu'il doit revenir sur ses pas, mais ses pas sont allés dans tellement de directions qu'il ne sait plus où revenir, il s'approche d'un taxi, monte et tend l'adresse au chauffeur.

La voiture est climatisée, l'air frais lui fait du bien, mais il a mal au cœur quand même. Le chauffeur s'arrête devant un bungalow beige et brun, au milieu d'une rue immobile remplie de bungalows beiges et bruns, Tayara paie et se traîne avec sa valise jusqu'à la porte.

Une femme en pyjama vient ouvrir, elle détaille ses yeux vitreux et son haleine de fin de nuit, mais elle le laisse entrer. Elle l'installe sur un futon dans le sous-sol, lui dit qu'il y a des serviettes dans la salle de bains et de quoi manger dans le frigo, elle dit qu'elle doit aller travailler, mais il s'en fout, il dort déjà. Annie le regarde sans rien dire, elle hurle en silence. Elle ne s'en sortira jamais, elle le sait, malgré les milliers de kilomètres, elle est encore là-bas, un homme soûl mort sur son divan.

19

Maata s'est réveillée tôt, elle est restée immobile, à l'affût, elle voulait entendre l'avion décoller, mais elle s'est rendormie. Elle a rouvert les yeux à neuf heures, il était trop tard, Félix devait avoir passé Kangiqsujuaq.

Elle se lève, fouille dans ses cahiers d'école pour retrouver la carte du Québec, pose le doigt sur son village, dessine doucement les contours de la province, glisse dans la baie d'Ungava jusqu'à Kuujjuaq, puis franchit l'interminable distance jusqu'à Québec, au bas de la carte. Il ne va pas à Montréal, il lui a dit, il habite « un petit village pas trop loin de Québec ». Elle n'est jamais allée à Québec, il a dit que c'était joli, il a dit que ça ressemblait à l'Europe, mais elle n'est jamais allée en Europe non plus. Elle se demande si elle sait assez de choses pour lui, si elle a visité assez d'endroits, elle entend parler les Blancs, ils ont toujours des tas de choses à se dire, elle n'a rien à dire, elle, elle voudrait seulement lui dire qu'elle l'aime, mais elle n'ose pas.

Il est parti pour dix jours, il est parti voir sa fille qui aura dix ans demain, dix jours pour dix ans. Maata aimerait qu'on la débranche pour dix jours, aimerait dormir sans arrêt jusqu'à son retour, ne me parlez pas, réveillez-moi quand il reviendra. Mais ça ne fonctionnera pas, Cecilia vient vers elle, elle a faim, Maata lui sert un bol de céréales.

Maata est assez certaine qu'il verra aussi la fille dans le portefeuille, elle se demande s'il la touchera comme il la touche, ça lui fait mal de penser à des choses comme ça, elle voudrait arrêter de penser pour dix jours.

20

Tu as mis du temps à te décider, mais tu as fini par t'y rendre, à pas lents, les mains dans les poches de ton kangourou. Tu t'es présenté au campement sur la pointe des pieds, comme un élève en retard. C'était quelque part au milieu de la matinée, les jours où tu parviens à te lever avant l'après-midi, tu as plus de courage, tu en profites pour accomplir les missions délicates.

Rémi t'a accueilli avec un large sourire, comme d'habitude, en t'informant que Maata ne travaillait pas aujourd'hui. Tu le savais, c'était justement pour ça que tu étais venu, mais tu ne l'as pas précisé à Rémi. Il t'a offert des rôties au beurre d'arachides, tu t'es assis sur le comptoir pour avaler ta collation. Rémi te regardait manger et tu t'es souvenu de ces petits matins dans la cuisine de l'école à déjeuner avec les autres enfants au ventre creux, sous le regard des professeurs qui se relayaient pour vous servir. Les enfants au ventre creux, au pied de la porte de l'école bien avant huit heures, avant l'ouverture de la cuisine, debout dans l'aube tremblotante de l'hiver, attendant un bol de céréales.

Tu as pensé à Cecilia, tu t'es demandé si vous lui aviez toujours servi à déjeuner, tu ne te souvenais pas. Tu as remercié Rémi et tu lui as demandé si tu pouvais voir Félix.

Il est en vacances dans le Sud, pour dix jours.

Dix jours. Une trêve. Tu ne t'y attendais pas, mais le nœud dans ton ventre s'est légèrement desserré. Une trêve. Dix jours.

Tu es reparti pendant que Rémi se demandait s'il devait prévenir Félix, se demandait si tu cherchais Félix pour lui mettre une balle dans la tête ou simplement pour lui parler, on ne sait jamais avec vous. Tu ne le savais pas non plus, tu ne savais pas vraiment pourquoi tu voulais voir Félix, tu voulais te tenir devant lui, bien droit, sans trembler, tu ne voulais pas qu'il se souvienne de toi comme d'un pauvre type à peine capable d'aligner deux phrases. Il t'avait surpris à la marina, maintenant c'était à ton tour de le surprendre sur son territoire.

Tu es rentré chez toi, Cecilia faisait du tricycle devant la maison et Maata rêvassait dans ses cahiers d'école. Tu as fermé la porte de votre chambre. Tu voulais être tendre, tellement tendre. Tu lui as caressé le visage, tu l'as embrassée dans le cou. Tu l'as entraînée sur le lit, tu as retiré ses vêtements et les tiens, tu t'es allongé sur elle. Elle était couchée sur le dos, docile, elle regardait vers la fenêtre. Tu t'es arrêté, tu as remis tes vêtements, tu es parti. Tu n'as pas claqué la porte.

Tu as marché jusque chez Aleisha. Elle dormait toujours, assommée par ce qu'elle avait bu la veille. Tu t'es glissé dans sa chambre, tu as enlevé tes vêtements, tu t'es glissé dans son lit. Tu l'as caressée avec la tendresse dont Maata n'avait pas voulu, Aleisha a souri les yeux fermés, t'a tiré vers elle, vous avez fait l'amour en rêvant tous les deux d'une autre personne.

21

Juillet se termine aujourd'hui. C'est la fête de Laura. Elle a dix ans et elle est magnifique, elle est pleine de bonheur et de vie, Félix a envie d'être heureux aussi, envie d'être heureux comme on est heureux à dix ans par une belle journée d'été, devant un énorme gâteau au chocolat.

Félix a envie d'être heureux même si Maude a invité François ou Francis, il ne se souvient jamais de son prénom, il n'a pas envie de se souvenir de lui ni de son prénom, aujourd'hui il est là, mais Félix s'en fout, il a envie d'être heureux.

La journée s'achève dans les rires d'enfants et les éclaboussures dans la piscine, la journée glisse tranquillement vers une soirée tiède, les invités repartent sauf François ou Francis, évidemment. Félix propose à Laura d'aller camper au lac, elle est prête en moins de deux minutes. Maude lui demande d'aller attendre son père dans l'auto.

Félix regarde Maude qui regarde François ou Francis qui le regarde, lui. Félix tente de se souvenir de ce que François ou Francis fait dans la vie, à part aimer sa femme, Félix ne pourrait pas dire s'il est comptable ou plombier, sa tête refuse obstinément de retenir la moindre information à son sujet. Maude regarde Félix : « Je suis enceinte. » Elle parle encore, mais Félix n'entend plus rien, il voit ses lèvres bouger mais aucun son ne s'en échappe. Il marche calmement vers la porte. Il voit Maude s'agiter autour de lui mais il n'entend toujours rien, il sort et marche vers sa voiture. Maude lui agrippe le bras : « Peut-être que je devrais garder Laura ce soir, tu as l'air sous le choc, peut-être que c'est mieux qu'elle reste avec moi... »

Félix se dégage doucement. Il s'installe au volant, sourit à Laura et ils partent griller des saucisses en comptant les étoiles au-dessus du lac.

22

Cinq heures du matin, ça cogne à la porte, Annie ne dort pas. Ça fait trois nuits qu'elle ne dort pas, trois nuits que Tayara n'est pas rentré, trois nuits à se demander si on ne l'a pas poignardé dans une ruelle. Trois nuits et trois jours à osciller entre la haine et l'inquiétude.

Annie a peur de voir une voiture de police devant la maison, des policiers sur le seuil, des corbeaux, les messagers de la mort. Elle se décide à écarter les rideaux. Elle voit une auto stationnée dans l'allée, mais c'est seulement un taxi. Elle va ouvrir, Tayara se tient péniblement devant elle : « Peux-tu payer le taxi ? J'ai pu d'argent. » Tayara n'attend pas la réponse d'Annie et titube vers l'escalier du sous-sol. Elle le rattrape avant qu'il ne plonge tête première dans les marches. Elle le fait asseoir dans le salon. Elle paie le chauffeur. Il dort lorsqu'elle revient. Il sent le morse pourri.

23

Août. Félix est rentré aujourd'hui, tu l'as vu descendre du camion avec son sac de voyage, mais tu n'as pas osé lui parler. Maata travaillait, tu as pensé qu'elle rentrerait tard, mais tu t'en fous, tu ne la touches plus depuis dix jours. Tu préfères aller chez Aleisha, vous vous étreignez avec fureur, avec la colère des jaloux, et le plaisir est fulgurant.

Maata se dépêche de terminer la vaisselle. Mary la regarde en souriant.

Come down, baby. Presse-toi pas, on vous laisse le camion.

Maata rougit, le verre lui glisse des mains, elle le rattrape de justesse. Elle se dépêche. Elle se précipite vers le camion, Félix l'attend. Ils prennent la route qui mènera un jour jusqu'à la mine. Ils s'arrêtent. La peau de Maata se tend, elle s'incline imperceptiblement vers l'avant, elle voudrait sortir de sa cage thoracique pour être plus proche de lui, elle attend presque douloureusement qu'il pose les mains sur elle, mais ses mains ne viennent pas. Félix regarde devant lui, fixe la rivière qui rapetisse de plus en plus jusqu'au fond de l'horizon. Maata voudrait plonger sur lui comme un *uppialuk* sur un lemming, mais elle n'ose pas, chez elle les femmes attendent que les hommes les touchent, les femmes sont les lemmings et les hommes les oiseaux de proie, elle n'ose pas laisser aller son appétit vorace, elle attend, mais ses mains ne viennent pas. Elle glisse délicatement la sienne sur la cuisse de Félix. Il lui adresse un sourire désolé.

★

Aleisha enserre Elijah de toutes ses forces, avec ses jambes, avec ses bras, elle hurle de plaisir pour que toute la maison l'entende, et pourquoi pas les voisins, et pourquoi pas tout le village, elle veut jouir jusqu'à Montréal, elle raconte à toutes ses copines qu'Elijah baise bien mieux que Tayara. Dans la pièce voisine, ses petites sœurs rigolent, l'oreille collée au mur. Elles se faufilent en gloussant jusqu'à la porte de la chambre d'Aleisha. Elles ouvrent juste assez grand pour y glisser un œil, elles se poussent du coude pour regarder à tour de rôle les fesses d'Elijah entre les jambes d'Aleisha, son bassin qui va et vient. Elles se sauvent en poussant de petits cris, elles se jettent sur leurs lits, les plus vieilles miment les ébats de leur grande sœur, la plus jeune s'étouffe de rire.

★

Cecilia ne dort pas. Elle se lève, traverse le salon désert. Elle voudrait un verre de lait, elle fait le tour des pièces ; il n'y a personne. Elle grimpe sur le comptoir, ouvre l'armoire, agrippe un verre de ses petites mains. Le verre est plus lourd qu'elle ne le pensait, il lui glisse des mains, se fracasse sur le sol. Elle redescend sur le plancher et s'accroupit, fascinée par les éclats de verre, en saisit un morceau entre ses doigts. Elle recule d'un pas, pile sur un fragment qui entaille son pied. Elle saigne. Elle s'assoit par terre au milieu de la cuisine. Elle attend.

24

Le camion revient déjà, Rémi est surpris. Félix apparaît, l'air fatigué, mais sourit en voyant le cuisinier, demande à Rémi de l'attendre. Il revient, lui tend un paquet enveloppé dans du papier brun. Une bouteille de Ricard. Rémi sort les verres. Félix goûte, mais il préfère la bière. Rémi n'est pas du genre à donner des conseils, il hésite : « Elijah est passé te voir pendant que tu étais parti. Je sais pas exactement ce qu'il voulait mais... Les gars, ici, ils sont jaloux. »

Les gars sont jaloux partout, voudrait répondre Félix, moi je suis jaloux comme un fou, je suis enragé, mon *ex* est enceinte de son nouveau chum et ça me déchire, je voudrais que ce gars-là n'ait jamais existé, je suis comme les Inuits, moi aussi je voudrais le descendre avec mon *12*, mais je ne le fais pas, pour ma fille, j'imagine, pour mon *ex* aussi, parce que je l'aime encore, comme un con, on est pareils comme les Inuits, mon pauvre Rémi. Mais Félix ne dit rien de tout ça, il répond mollement à Rémi de ne pas s'en faire, qu'il a l'intention d'arrêter de voir Maata. Ils boivent en silence.

Des coups rapides à la porte, Félix ouvre, c'est Maata qui tient Cecilia dans ses bras, le pied droit enveloppé dans un bandage. Elle veut aller à la clinique. Félix n'arrive pas à bouger, les secondes s'étirent. Rémi vide les verres dans l'évier, cache la bouteille, s'approche de Félix : « Donne-moi les clés du camion, je vais y aller. » Maata est déçue, mais elle remercie Rémi. Félix leur souhaite bonne chance et tourne les talons.

25

On ne rit plus dans la cuisine. Maata a les yeux si tristes que plus personne n'ose faire de blagues, ni Rémi, ni Mary, ni les gars quand ils prennent leur assiette. Félix a demandé des nouvelles de Cecilia, elle n'avait rien de grave, une simple coupure, depuis il ne parle plus vraiment à Maata, lui adresse parfois un sourire malhabile.

Maata ne dort plus, elle marche dehors, la nuit, durant les très courtes heures où le ciel s'assombrit finalement, avec août qui avance sans pitié vers l'hiver. L'autre soir elle a vu une aurore boréale, la première de la saison, se dessiner toute blanche et timide dans le ciel de fin d'été, désolée d'annoncer le retour du froid, elle chuchotait désolée, je suis désolée, je suis désolée.

Maata aussi voudrait s'excuser, mais elle ne sait pas ce qu'elle a fait, elle voudrait se traîner au tribunal et demander ce qu'on lui reproche, chaque fois qu'elle croise Félix elle lui hurle un pourquoi silencieux, désespéré, mais ce sont seulement ses yeux qui parlent, sa bouche n'ose pas encore.

26

Bien sûr, tu l'as su aussi. Tu aurais aimé être content, tu aurais aimé te dire que c'était bien fait pour elle et tant mieux pour toi, mais tu avais trop mal de voir ta Maata aussi triste, il n'y avait plus de place pour la joie dans ton cœur. Tu as cessé d'aller chez Aleisha. Tu as commencé à te lever le matin pour t'occuper de Cecilia pendant que Maata dormait, ou faisait semblant. Tu préparais maladroitement tes quelques spécialités culinaires : des œufs, du bacon, du macaroni. Tu gardais toujours une généreuse portion pour Maata, même si elle mangeait très peu. Tu demandais parfois des conseils de cuisine à Rémi.

Tu t'es réveillé, une nuit, et Maata pleurait. Tu as caressé ses cheveux, séché une à une ses larmes du bout des doigts, pressé son cœur tremblant contre le tien. Elle a levé son menton vers toi, elle t'a souri, pour la première fois depuis des semaines. Elle a déposé un baiser sur tes lèvres. Vous avez fait l'amour, tendrement, pour la première fois depuis des semaines. Elle s'est endormie, pour la première fois depuis des jours. Aujourd'hui tu marches vers les quais, le cœur léger, tu veux rapporter un poisson pour dîner. Des enfants sautent à pieds joints sur les conteneurs. Tu les dépasses, une roche te frôle le crâne. Tu te retournes. Saami t'envoie un sourire triomphant.

Ta blonde est une pute.

Tu laisses tomber ta canne à pêche. Tu cours vers les conteneurs, mais tu as l'impression de bouger au ralenti. Tu grimpes facilement jusqu'en haut. Tes poings s'abattent sur Saami, il s'écroule, tes pieds s'enfoncent dans ses côtes. Les gens hurlent, mais tu n'entends rien. Tu saisis Saami par le collet, le traînes au bord du vide, l'empoignes par les jambes, sa tête flotte au-dessus des rochers. Une voix se fraie un chemin jusqu'à ton cerveau, tes oreilles débloquent, tu entends de nouveau.

Taima, Elijah. Arrête.

C'est Rémi. Tu reposes les pieds de Saami, le tires légèrement vers l'arrière. Tu descends de ton promontoire, reprends ta canne à pêche et rentres chez toi.

27

On ne rit plus dans la cuisine, tout le village parle de l'attaque de la marina, le père de Saami a promis de faire la peau à Elijah, il n'y a que lui qui peut se permettre de frapper son fils.

Maata coupe les carottes, impassible. Mary la regarde. Mary est la cousine de Saami, elle s'approche de Maata. Maata lève les yeux et lance sèchement qu'elle n'a rien à voir avec la bagarre.

Come down, baby. Je veux pas te parler de la bagarre. Je veux te parler de Félix.

Félix. Le cœur de Maata s'arrête. Félix.

Patrick lui a parlé l'autre jour. Il sait ce qui est arrivé dans le Sud.

Maata ne sait pas qui est Patrick, ne comprend pas le rapport avec Félix. Mary rougit. Maata devine. C'est le plombier. Elle dépose son couteau, elle se tord les mains.

Il aime encore son ex. Pis son ex est enceinte de son nouveau chum.

Mary voudrait serrer son amie contre elle, mais elle se dégage, reprend son couteau, tranche les carottes sans rien dire. Mary se remet aussi à l'ouvrage. Elle fredonne doucement. Maata laisse brusquement tomber son couteau : « Patrick est pareil comme tous les autres. Il va te quitter aussi, un jour ou l'autre. »

Maata s'enfuit dans la salle de bains.

28

Tayara a dormi jusqu'à quinze heures, Annie n'a pas fermé l'œil une minute. Tayara prend sa douche, jette ses vêtements dans la laveuse, se fait cuire des œufs. Annie le regarde manger, appuyée sur le comptoir. Elle lui demande pourquoi il est venu à Montréal.

Pour faire de la musique.

Elle lui demande de quel instrument il joue.

Aucun. Je suis rappeur.

Elle lui demande s'il a commencé des démarches, rencontré des gens, fait des plans. Il dit qu'il a le temps. Il lui demande si elle peut lui prêter de l'argent pour le taxi. Elle répond qu'elle n'a pas de liquide sur elle. Il fouille dans ses poches, trouve quelques pièces de monnaie, décide de prendre l'autobus, puis le métro.

Il descend à Atwater. Il cherche un coin libre. Il n'y a personne à l'entrée du centre d'achat, c'est presque miraculeux. Il pose sa casquette par terre. Il espère que ce ne sera pas trop long. Il a soif.

29

Crisse Félix, t'étais de meilleure humeur quand tu fourrais ton Inuite. Va donc te mettre un peu, ça te ferait du bien. Elle attend juste ça anyway.

Il a dit ça devant Maata, persuadé qu'*eux*

autres y comprennent pas le français anyway, il a dit ça et il s'est trouvé drôle, et les autres aussi, ils étaient cinq à rire bruyamment autour de Félix, sous le nez de Maata. Maata retient son souffle, attendant l'explosion, les poings de Félix cassant un à un les nez des cinq idiots, mais ça ne vient pas, Félix n'est pas Elijah, il ne dit rien, il jette un regard désolé à Maata et s'en va sans demander son reste. La riposte est venue de Mary, qui servait les assiettes.

Motherfuckers.

Ça, ils ont compris. Puis Mary a sifflé quelque chose entre ses dents, ils n'ont pas compris, eux autres ne comprennent rien à l'inuttitut, Mary a déposé ses couverts et elle est partie avec Maata, les gars ont dû se servir eux-mêmes. Le soir, Patrick est allé chercher Mary pour une balade en camion.

So you want to fuck your Inuite ?

Patrick s'avance doucement, prend la main de Mary.

On est pas obligés. On peut juste aller se promener, chercher des caribous, ou attendre qu'il fasse noir pour voir si y va avoir des aurores.

Mary sourit à travers ses larmes. Elle monte dans le camion.

Maata marche vers sa maison. Quelqu'un marche derrière elle. Quelqu'un murmure son prénom. C'est Félix. Elle voudrait tellement l'ignorer et poursuivre sa route, elle voudrait s'éloigner le dos droit et la tête haute, elle voudrait lui cracher au visage comme il a craché au sien, mais ses pieds s'arrêtent malgré elle, ses jambes refusent d'avancer, ses yeux tremblent d'espoir, elle est une chienne repentante, et elle se déteste.

Il marche avec elle. Ils ne disent rien. Ils arrivent chez Maata. Il y a un quad dans la cour.

C'est à toi ?

Maata hausse les épaules. Félix aimerait faire un tour. Maata entre dans la maison sans faire de bruit, attrape les clés sur la table et sort retrouver Félix. Elle démarre. Félix hésite une seconde, puis s'installe derrière elle. Ils partent dans la montagne. Ils roulent jusqu'à un petit camp, un ramassis de débrouillardises et de moyens du bord, de matériaux récupérés au « *Canadian Tire*[1] », comme on appelle affectueusement le dépotoir. Une cabane de dix pieds par dix pieds promue au rang de chalet, quatre murs en contreplaqué rapiécé, un toit en pente, une porte percée d'une fenêtre à carreaux. Il y en a un de brisé, bouché par un morceau de

1. Nom d'une chaîne de quincaillerie répandue au Canada.

carton, ça énerve Félix, il regrette de ne pas avoir ce qu'il faut pour le réparer. Une cheminée dépasse sur le côté, Félix se réjouit de découvrir un poêle, les provisions de bois sont maigres, quelques restants des chantiers, mais il l'allume quand même. Maata fait du thé. Ils s'assoient côte à côte sur le matelas qui occupe la moitié de l'espace. Félix touche le visage de Maata, du bout des doigts : « Je m'excuse. » Ils se retrouvent enfin. Ils se sont manqué. La nuit finit par tomber. Ils savent que ça ne durera pas longtemps. Ils attendent le jour, blottis l'un contre l'autre. À trois heures du matin, le ciel s'éclaircit et ils repartent vers le village. Maata retourne chez elle, s'endort dans le salon, ne se réveillera pas avant midi. Félix réussit à dormir une heure avant de prendre la route du chantier.

Ouin, ça paraît que t'as eu du sexe mon Félix. Tu vois que t'as ben fait de m'écouter !

Félix ne se retourne pas. Il dresse son majeur haut dans les airs et poursuit sa route.

31

Cette fois Annie n'a pas eu à payer le taxi, il est rentré à pied, elle ne sait trop comment. Elle l'a laissé dormir, elle l'a laissé prendre sa douche, elle l'a laissé se faire un sandwich. Elle a poussé la gentillesse jusqu'à faire son lavage pendant qu'il dormait, elle a tout plié soigneusement et remis dans sa valise, elle a porté son bagage jusqu'au vestibule. Maintenant il est devant elle à dévorer son sandwich et Annie prie pour que sa volonté ne la laisse pas tomber. Elle regarde nerveusement l'assiette se vider, elle compte les bouchées qui lui restent avant de passer à l'attaque, elle se donne un sursis – il doit aussi finir son verre de jus – un deuxième verre de jus, un troisième et la bouteille est vide, voilà, il a terminé.

Maintenant tu t'en vas.

Tayara la regarde sans broncher. Elle s'appuie au comptoir et elle continue, elle lui dit de s'en aller, de se prendre un billet de retour pour Salluit, ou alors de se trouver un autre hôtel, elle n'en peut plus, il dilapide tout ce qu'elle possède : ses provisions, son argent, sa patience, son équilibre. Elle a quitté le Nord parce qu'elle n'en pouvait plus des ivrognes dans sa maison, mais ils l'ont poursuivie jusqu'ici, Tayara devient étrangement flou sous ses yeux avant de prendre les traits de son père, de ses oncles, de ses frères. Il se lève, elle tremble, il lui demande de l'argent pour un taxi, elle lui tend quarante dollars sans le regarder, il les prend sans la remercier, elle lui appelle une voiture. Il attrape son sac et sort attendre sur le trottoir. Elle s'écroule sur une chaise, elle le regarde par la fenêtre jusqu'à ce que le taxi arrive, elle se mord les lèvres jusqu'au sang, sa vision est si embrouillée par les larmes qu'elle le voit à peine monter dans le véhicule, voit à peine la voiture disparaître au bout de la rue. Elle pose sa tête sur la table de la cuisine, elle ne bouge plus.

32

Septembre est là, les montagnes qui entourent le village sont couvertes d'une fine couche de neige, des régiments d'outardes filent presque sans interruption dans le ciel clair de l'automne, elles donnent le signal aux voyageurs qu'il est temps de rentrer, et les autres oiseaux du Sud leur emboîtent tranquillement le pas, un par un, ils s'en vont. *Nirliit*. « Des oies ».

Patrick est parti hier, retourné dans sa Gaspésie natale, parti passer l'hiver sur le chômage ou dans d'autres chantiers en ville, s'il est chanceux. Il n'y a pas tant de filles l'hiver en Gaspésie, il s'ennuie de sa Mary, déjà, il se dit que l'hiver va être long. Mary n'a pas pleuré, ou peut-être juste un peu. Elle a cherché sur une carte où c'était Paspébiac, elle s'est demandé si la baie des Chaleurs était vraiment chaude, s'il faisait trop chaud, si elle pourrait vivre là-bas. Elle a hâte au printemps, elle espère que Patrick reviendra, mais on ne sait jamais si on va revoir les gens, il faut empêcher son cœur de trop se gonfler d'espoir, il faut savoir que les au revoir sont souvent des adieux déguisés.

*

Cecilia a commencé l'école, Maata aussi, Cecilia commence tout juste, Maata espère finir cette année et, peut-être si elle en a le courage, apprendre un métier, ou apprendre quelque chose, n'importe quoi, pouvoir parler de quelque chose elle aussi, dire que c'est beau Québec, que ça ressemble à l'Europe, savoir de quoi ç'a l'air, l'Europe.

Patrick est parti, Félix n'a plus besoin de partager le camion, ils sont pelotonnés sur la banquette arrière, la tête de Félix sur les genoux de Maata, elle trace des sillons dans son dos, elle écrit son prénom du bout des doigts entre ses omoplates pour qu'il se souvienne d'elle, pour rester dans sa peau, elle sait que la fin approche.

J'aimerais ça aller à Québec.

Félix sourit, dit que c'est une très belle ville, il parle des plaines d'Abraham et du château Frontenac, du fleuve et des chutes Montmorency, et Maata n'ose pas lui dire qu'elle s'en fout, que la plus belle attraction de la région est couchée sur ses genoux et que c'est lui qu'elle veut, que le Bonhomme Carnaval peut bien aller se faire foutre.

Peut-être je vais aller te voir à Québec.

Il sourit, mais il ne dit rien.

33

Tu savais qu'elle l'avait revu, mais tu ne t'en faisais pas trop, tu savais qu'il partirait bien vite. Tu savais qu'elle serait triste, que peut-être elle ne dormirait plus, ne mangerait plus, mais tu en prendrais soin, comme tu l'avais fait, tu prendrais soin aussi de Cecilia, elle verrait que tu es le seul à l'aimer pour vrai, que tu ne l'abandonnerais jamais, toi.

Tu étais prêt à la partager, à la laisser s'amuser dans les bras d'un Blanc si ça lui faisait plaisir, tu étais prêt à la laisser aller si elle te promettait de revenir, tu ne lui en voulais plus, tes amis pouvaient bien se moquer de toi, tu ne toucherais jamais à un cheveu de Félix pour ne pas faire de peine à Maata, même si le monde entier riait dans ton dos.

Il est parti avant que septembre ne se termine, tu l'as su tout de suite parce que Maata s'est levée tôt, est sortie à huit heures sur la galerie pour voir l'avion passer au-dessus de vos têtes, le suivre des yeux jusqu'à ce qu'il disparaisse au bout du ciel avant de s'asseoir dans les escaliers et de rester là, immobile, jusqu'à ce que Cecilia apparaisse le sac sur le dos, prête pour l'école. Maata lui a flatté les cheveux, l'a regardée monter dans l'autobus jaune, Cecilia adore l'autobus, chaque matin est une fête de pouvoir monter dans le vigoureux bolide, Maata aurait voulu monter aussi, mais la route s'arrête seulement quelques kilomètres plus loin, la route ne va pas encore jusqu'à la baie Déception, encore moins jusqu'à Québec.

Tu lui avais préparé à déjeuner, elle n'a pas mangé, elle est retournée se coucher, tu as demandé timidement si elle irait à l'école aujourd'hui, elle ne t'a pas répondu, elle était trop loin, dans une chambre luxueuse du château Frontenac. Tu l'as bordée, tendrement.

34

Annie pensait retrouver une vie normale, la tranquillité, la paix, mais la paix n'est pas revenue, Annie a continué de ne pas dormir, de se demander où il était, s'il avait bu, s'il avait faim, s'il s'était tué. Elle n'osait pas appeler sa cousine pour vérifier si Tayara était rentré à Salluit, elle passait des heures à fixer le téléphone, ne sachant plus trop si elle le conjurait de sonner ou pas, si elle attendait une bonne ou une mauvaise nouvelle. Et puis un jour il a sonné, c'était l'hôpital, Tayara était dans un sale état, mais il n'était pas mort. On l'avait retrouvé au petit matin dans l'entrée d'un Jean Coutu[1], à demi conscient, le visage ensanglanté. Il ne se souvenait plus de rien, il avait bu, évidemment.

Annie saute dans sa voiture, elle conduit en

---

1. Nom de la chaîne de pharmacie la plus répandue au Québec.

parlant à Dieu, elle lui dit : « Merci, merci de l'avoir épargné, merci de l'avoir sorti de là, merci mon Dieu moi je n'en avais pas la force, pardonne-moi, merci mon Dieu, ô merci. » Elle fend les corridors de l'hôpital, elle trouve sa chambre, il dort, elle s'assoit sur une chaise et elle le regarde dormir, regarde son visage tuméfié : « Pardon mon Dieu je n'ai pas voulu. » Elle détache la petite croix dans son cou et l'enroule au poignet de Tayara, elle prie : « Mon Dieu donne-moi la force. » Prie pour opposer la force de Dieu à celle puissante et autodestructrice des hommes de son pays, au suicide collectif à petites doses, à l'autogénocide programmé. Prie pendant des heures.

35

Ce matin, Maata pense qu'elle y arrivera. Elle se lève, elle prend sa douche. Elle habille Cecilia, il ne reste plus beaucoup de linge propre, elle se promet de faire le lavage à la fin de la journée. Elle pense à l'Halloween qui approche, elle aimerait coudre un costume de chat pour Cecilia, elle veut demander à sa mère de l'aider. Elle sert deux bols de céréales, un pour elle et un pour Cecilia, Elijah dort encore. Elle épluche une banane, l'odeur se répand violemment dans la cuisine, elle laisse tomber le fruit sur la table et fonce à la salle de bains. Elle a tout juste le temps de soulever la cuvette avant de vomir.

Cecilia arrive en trottinant, contemple sa mère à genoux sur le plancher. Elle a vu son père et d'autres dans cette position, mais sa maman, jamais. Maata la serre très fort. Elle se relève, aperçoit Elijah qui les observe du corridor. Elle ne dit rien, attrape ses livres et file à l'école. Elijah aide Cecilia à enfiler son manteau et sort attendre l'autobus avec elle.

Pourquoi maman est malade ?

« C'est son cœur, dit Elijah, son cœur lui fait mal. » L'autobus arrive, il dit à Cecilia de ne pas s'en faire, il la regarde monter et se demande si son cœur à lui aussi tiendra le coup, et sa tête, il pense aux mois qui s'en viennent, au village tout entier qui murmurera encore dans son dos : lequel des deux, lequel des deux, lequel des deux. Il se le demande aussi.

36

Tayara ne pensait pas revenir, en tout cas pas comme ça, il pensait revenir en jet privé, couvert de chaînes en or, du vrai, du massif, de l'or pendu à son cou et une fille pendue à son bras, une Américaine, une fille d'Hollywood ou de L.A., une fille avec des seins pamplemousse et une taille minuscule, et ils auraient tous été jaloux. Mais il revient comme il est parti, dans le même avion avec les mêmes gens, ou presque, ils sont interchangeables. Et il ne s'en sauve pas, il y a des *Sallumiut* à bord, lointaine parenté ou semblant d'amis, ils veulent tous savoir, mais il n'a pas envie de parler, son visage dit tout, il s'écrase dans un siège tout au fond et se réfugie derrière ses écouteurs.

Il repère une cousine à l'aéroport, s'invite dans son camion, elle le dépose chez lui, lui demande s'il a rapporté de quoi fêter, elle entrerait bien prendre un verre, mais il n'a rien, ni pour s'amuser ni pour en acheter, désolé.

Il est passé six heures mais rien ne mijote sur la cuisinière, ça sent l'alcool et sa mère est ivre morte sur le divan, ça tombe bien, il n'a pas envie de parler, il s'enferme dans sa chambre, mange le reste de la pizza qu'Annie lui a achetée à l'aéroport Pierre-Elliott-Trudeau et se demande combien de temps il lui reste avant qu'Aleisha vienne lui hurler à la figure ou le menacer avec un couteau.

Elle arrive peu après minuit, il dormait presque, elle claque la porte de sa chambre et elle fonce sur son lit, s'assoit à califourchon sur lui et lève sa main droite pour une gifle retentissante, mais elle aperçoit son visage et s'arrête net, elle pousse un petit cri.

Vas-y, frappe, c'est rien à côté de ce que j'ai enduré.

Elle se glisse sur le côté, se blottit contre lui : « Mon pauvre chéri, raconte-moi tout. » Il ne veut pas, pas maintenant, il dit qu'il a besoin de se reposer, elle l'embrasse mais ça lui fait mal, « excuse-moi, elle dit, excuse-moi », elle dit : « Attends, je sais ce qui te fera du bien... Tu n'as pas de couille au beurre noir, j'espère ? »

Il ferme les yeux pendant qu'elle le suce, il pense aux pétasses noires des vidéoclips, il jouit.

37

Le lac, les feuilles mortes, le feu de camp qui crépite parce que Laura avait envie d'un feu de camp et il en a allumé un, à dix heures du matin. Il a trouvé un restant de guimauves dans le fond d'une armoire, elle a émis des doutes sur la salubrité des friandises sur le même ton qu'aurait pris sa mère, Félix en a englouti une tout rond et ils ont ri en même temps avant d'embrocher les guimauves.

Félix a le goût de manger des guimauves à dix heures du matin et des saucisses et des pommes de terre cuites dans les braises, Laura regarde son père et elle le trouve beau.

Pourquoi t'as pas de blonde ?

Il ne sait pas quoi répondre, il dit que sa maman prend encore trop de place dans son cœur pour qu'il puisse en laisser entrer une autre. Il pense qu'il n'a aimé aucune femme depuis Maude, et pendant ce temps quelque part à des milliers de kilomètres, une femme ne pense qu'à lui, une femme regarde les outardes descendre vers le sud en rêvant de les suivre, une femme se poserait en frémissant sur le lac qui clapote à quelques mètres devant lui. Il pense à l'absolu : est-ce que je pourrais aimer Maata dans l'absolu ? Les femmes du Nord ne pensent jamais à l'absolu, elles aiment et c'est tout, peu importent la distance, la couleur de la peau, la langue et les milliers de choses qui les séparent ; les hommes du Sud les voient comme de jolis meubles qui ne s'agenceraient malheureusement pas bien dans leur salon. Félix se demande s'il arriverait à caser Maata quelque part dans son chalet qu'il a arrangé en maison, il ne sait pas. Ne sait pas s'il fabriquerait une petite sœur bridée aux yeux bleus à Laura, ne sait pas si les fleurs de la toundra arrivent à pousser plus au sud, ne sait pas si leurs deux silences finiraient par être trop. Il n'a jamais fait de projet d'avenir avec aucune autre que Maude, il ne voit pas pourquoi il commencerait aujourd'hui, il a toujours préféré les filles éphémères, il a écarté toutes celles qui ont voulu prendre racine. Il a envie d'éteindre le feu et de rentrer, mais il sourit à Laura et lui offre une autre guimauve.

38

Vendredi soir, vodka chez Steevie, la maison est pleine de gens et de boucane. Tu ne tenais pas à y aller, mais tu n'avais pas envie de boire tout seul chez toi en fixant le ventre de Maata.

Tayara entre dans le salon comme un médaillé d'or qui monte sur le podium, Tayara le joueur étoile, le héros de guerre, la superstar locale partie briller à Montréal qui revient faire le récit de ses glorieux exploits à son petit peuple de misérables. Aleisha ne le lâche pas d'une semelle, elle est pendue à son bras, elle l'interrompt à tout moment pour fourrer sa langue dans sa bouche et dévorer ses lèvres, suçoter son cou, s'enrouler autour de lui comme une plante carnivore.

Et soudain le couple princier remarque ta présence, Tayara en oublie son histoire dont il est le héros, Aleisha prend son air de reine outragée qui réclame qu'on venge son honneur, mais tu n'en as rien à foutre, ils ne te font pas peur, ni l'un ni l'autre. Tu te lèves, tu te plantes à deux pouces du visage boursouflé de Tayara.

Tu te penses tellement bon, tu penses que tu vaux mieux que nous, mais t'es un loser, toi aussi. Qu'est-ce que t'es allé faire de si extraordinaire à Montréal ? Tout le monde se fout de toi en dehors de Salluit.

Tu as quitté la maison sans te presser, sans te retourner, tu savais qu'il ne te toucherait pas, parce que c'est une mauviette, et parce que les blessures dans son visage ne pouvaient pas se permettre de nouveaux coups. Tu as fini ta bouteille en marchant jusque chez toi. Tu as enfourché le quad et tu as mis le cap sur la montagne, tu voulais aller dormir au camp, tu étais prêt à te les geler dans ta cabane mal chauffée juste pour le luxe de ne pas voir le village à ton réveil. Tu avais des écouteurs sur les oreilles et de l'alcool dans les veines, tu as surgi de nulle part sur la route qui longe la rivière, tu n'as jamais vu le camion qui descendait la côte, il a percuté ta roue arrière, ton corps a tracé un arc parfait dans l'air froid et sec d'octobre, tu t'es écrasé au fond du fossé et tu as pensé que tu avais gagné, tu ne verrais sûrement pas le village à ton réveil, puis tu as sombré dans un sommeil glacé.

39

Brouillard. Le visage de Maata, tu veux le toucher, il t'échappe.

Ta mère se penche sur toi, caresse tes cheveux. Son visage porte des marques de couteau, elle sourit malgré les entailles qui saignent.

Cecilia. Tu ne sais pas où elle est, tu veux demander si quelqu'un l'a vue, ta bouche ne s'ouvre pas.

Tu es couché dans un canot, tu épaules ton fusil, vises le phoque. Le sang coule dans la mer. Tu hisses la bête dans le bateau. Ta grand-mère assise sur le plancher recouvert de vieux cartons, elle découpe le gras, gratte la peau. Ton premier phoque.

On place ton corps sur une civière, mais tu ne

vois rien, tu es loin, ton canot file à vive allure vers le détroit. On t'immobilise avec précaution, mais tu ne bougeras pas, tu es brisé en mille miettes et tu n'es pas là, tu es parti à la chasse, laissez-moi tranquille, revenez demain, revenez un autre jour, je ne suis pas là.

Tu es sanglé de partout, vous attendez l'avion dépêché de Puvirnituq, *Odeur de chair pourrie mon amour*, il se pose sur la piste en pleine nuit, on te hisse à l'intérieur comme le phoque dans ton canot, le médecin boucle sa ceinture et l'avion repart. Il y a deux façons d'obtenir un voyage gratuit pour Montréal, faire un crime ou un accident, vous filez vers le sud pendant que tu rêves à la toundra.

Tu ouvres les yeux. Tout ton corps te fait mal. Tu ne peux pas bouger. Tu ne vois pas le village. Des murs blancs. Des fantômes. Un film de science-fiction comme ceux que tu écoutes parfois. Tu te demandes si tu es mort, ça ne ressemble pas à ce qu'on t'avait dit. Menteurs. Blizzard. Tu ne vois plus rien, que du blanc. Tu t'endors, tu vas mourir de froid.

Maata dort aussi, elle a dû patienter jusqu'au lendemain pour s'envoler vers le sud, elle s'est réfugiée au fond de l'avion et elle dort, recroquevillée sur elle-même, elle a peur de voir une tante ou une cousine, n'a pas envie d'avoir à raconter qu'Elijah repose en petits morceaux dans un hôpital de la ville. N'a pas envie d'avouer qu'un drôle de sentiment prend peu à peu le dessus sur l'inquiétude, n'a pas envie d'avouer qu'elle pense encore plus à Félix qu'à Elijah, qu'elle espère qu'Elijah n'a rien de grave mais aussi surtout qu'elle espère revoir Félix, je suis un monstre, elle se dit je suis un monstre.

40

Maata souffle sur le visage d'Elijah. Dépose un baiser sur son front. Se lève. Se rassoit. Ne sait plus où poser son corps. Son corps fait mal, comme celui d'Elijah. Elle glisse une main tremblante dans la poche de son jeans, referme les doigts sur le bout de papier. Le bout de papier. Le numéro de téléphone de Félix, arraché de peine et de misère à Rémi avant son départ précipité pour Montréal.

Elle quitte la chambre, erre dans l'hôpital à la recherche d'un téléphone public. Elle compose le numéro. Il lui répond, elle n'arrive pas à parler. Elle dit qu'elle est à Montréal. Il sait. Rémi l'a prévenu. Il dit qu'il est désolé pour Elijah. Il demande comment il va.

Il est correct. Il va être correct.

Elle retient son souffle. Elle demande s'il peut venir la voir. Il dit que c'est loin, Montréal, il dit au moins trois heures de route, il dit que c'est loin à Maata qui vient de faire deux mille kilomètres, elle serait venue à pied s'il avait fallu. Il parle de son travail, de sa fille, de sa voiture qui n'est pas jeune. Il dit : « Je vais voir. » Il dit : « OK. » Il dit : « Demain, je vais venir demain. » Maata raccroche et s'écroule sur une chaise. Elle reste assise de longues minutes avant que ses jambes acceptent de la porter de nouveau. Elle remonte à la chambre d'Elijah. Elle ne le quitte pas, elle le veille sans relâche, comme pour s'excuser d'avoir invité Félix. Elle s'agenouille à ses côtés, elle prie. Les infirmiers s'échangent des regards intrigués, osent à peine bouger, parler, de peur de briser quelque chose, de précipiter leur patient vers la mort, comme si c'était Maata qui le tenait en vie.

Ciboire, on dirait sainte Kateri Tekakwitha[1].

Maata ne bronche pas, elle continue de prier. Ses lèvres remuent en silence. Le soir venu on lui dit d'aller manger, d'aller dormir, de revenir demain. Elle mange un truc à la cafétéria, elle ne sait pas quoi. Elle rentre au YMCA, elle tourne en rond dans sa chambre, elle réussit à prendre une douche. Le lendemain elle ne sait pas si elle a dormi, elle ne sait pas quelle heure il est, mais elle s'habille et elle retourne à l'hôpital.

Elijah est éveillé, mais ça ne dure pas longtemps, il souffre moins quand il dort. Elle tient sa main. Elle dort aussi, un peu, la tête penchée sur sa poitrine. Puis tout à coup elle se redresse comme un caribou aux aguets, Félix est là, hésitant et maladroit dans le cadre de porte. Elle

---

1. Sainte catholique iroquoise ayant vécu au XVIIe siècle.

se lève, ils se regardent sans trop savoir quoi faire. Il ouvre ses bras, elle s'y blottit et il la serre contre lui, on dirait qu'ils ne bougeront plus jamais, les infirmiers reviennent et ne comprennent plus rien, ils voudraient passer mais n'osent pas les bousculer.

Félix propose de se trouver un petit coin pour jaser, même si ni l'un ni l'autre ne parle beaucoup, Maata le suit à la cafétéria. Elle lui raconte l'accident. Il lui décrit le duplex qu'il est en train de construire, peut-être son dernier contrat avant l'hiver. Il parle des rénovations à faire chez lui, du lac qui est magnifique au milieu des feuillages d'automne, du temps à rattraper avec sa fille qui s'est ennuyée durant l'été. Il demande si elle va rester longtemps à Montréal, elle dit « non, encore quelques jours », puis elle va retourner s'occuper de sa fille, Elijah devrait suivre quelques semaines plus tard. Il lui souhaite bonne chance, il veut partir, elle dit qu'elle aimerait aller voir son lac quand Elijah ira mieux. Il la regarde avec douceur, il caresse sa joue, il dit qu'elle a un homme qui l'aime et qui a besoin d'elle, une petite fille qui s'ennuie sûrement beaucoup de sa mère.

Toi, est-ce que tu m'aimes ?

Il dit que ce n'est pas simple, qu'ils viennent de deux mondes qui se ressemblent si peu, elle n'écoute plus, ça n'a plus d'importance, il dit des milliers de phrases qui veulent dire non, elle n'a pas besoin de les entendre une par une.

Elle a férocement envie de sentir ses bras autour d'elle, sa barbe qui pique sur sa joue, mais elle lui dit au revoir et elle repart vers la chambre en se mordant les lèvres pour ne pas crier qu'elle porte peut-être son enfant.

Félix reprend la 40 en sens inverse, il se sent con, il peut ajouter une autre fille à sa collection de cœurs brisés, parce que le sien est inconsolable, il finit toujours par massacrer ceux des autres, il se dit qu'il devrait éviter les femmes pour les vingt prochaines années, *damage control*.

Il rentre chez lui, un message de Maude : *Faudrait qu'on se parle, ça s'en vient ridicule, c'est pas bon de l'énergie négative comme ça pendant que je suis enceinte, s'il te plaît*. Il efface le message et s'ouvre une bière, il se dit qu'il devrait peut-être retourner dans le Nord pour qu'on lui fiche la paix, je m'excuse mesdames mais je suis un con, je n'y peux rien, vous êtes prévenues.

41

L'hiver s'est installé. Tu as recollé tous tes morceaux, Elijah, lente convalescence dans le froid polaire, un hiver enfermé dans une maison surpeuplée, pas de longues balades en motoneige pour s'échapper des pleurs d'enfants et des chicanes de famille, des mois à se traîner péniblement du lit au divan sur des jambes brisées, « brisé, je suis brisé, sortez-moi d'ici et laissez-moi mourir de froid dehors », tu leur as hurlé ça une fois, mais ça n'a pas duré, tu t'es appliqué à guérir avec une patience féroce.

L'hiver s'est installé, Maata aussi a recollé ses morceaux, l'oreille de Cecilia posée sur son ventre pendant des heures, Cecilia guettant le moindre signe, le moindre message de sa petite sœur, parce qu'elle a juré que c'était une petite sœur et n'en a jamais démordu. Maata a passé l'hiver à jouer les Mère Teresa, ça lui a fait du bien de s'occuper de toi, de Cecilia, de la petite à venir, d'aller religieusement à l'école, être une épouse, une mère et une étudiante exemplaire, ça lui a fait du bien, ça l'empêchait de penser à autre chose.

L'hiver est long chez vous, mais il finit toujours par finir, finit par s'adoucir en mai, le froid pique moins et les oies se ramènent en s'annonçant comme des idiotes, vous n'avez plus qu'à les cueillir, tu as insisté pour aller à la chasse, et tu en as ramené trois, tu t'es senti heureux pour la première fois depuis des mois.

En même temps que les oies reviennent aussi les gars de la construction, tu t'es demandé s'il reviendrait, avec un peu de chance il ne reviendrait pas, le village finirait par oublier qu'il avait existé et cesserait de croire que tu n'étais peut-être pas le père, encore.

42

Rémi !

Rémi se retourne pour voir qui l'appelle si joyeusement, c'est Félix, fraîchement débarqué de l'avion, il a lancé son sac sur son lit et est revenu en trombe vers la cuisine, anxieux et excité comme un enfant qui ne sait pas encore s'il sera dans la classe de son meilleur ami. Ils sont contents, ils se résument en quelques mots les mois qui viennent de s'écouler, ils se promettent d'aller à la pêche, Félix avoue avoir apporté une bouteille de blanc pour les moules, ils ont hâte. Félix jette des regards dans tous les coins de la cuisine, finit par demander si les filles travaillent encore.

Mary oui, tu devrais la voir demain. Maata non, elle... Ne peut pas en ce moment.

Félix demande pourquoi, Rémi hésite un peu.

Elle est enceinte. Elle devrait accoucher dans quelques semaines. Et, euh, Félix ? Je connais rien aux femmes enceintes et aux bébés, mais y a eu des rumeurs. Les gens disent, les gens pensent... À cause des dates, tout ça, les gens ont fait des calculs, c'est pas de leurs affaires mais ils ont calculé pareil...

Rémi n'arrive pas à terminer sa phrase, mais Félix a tout compris. Il secoue la tête. Il retourne à sa chambre, enfile son manteau et marche, marche vers le chemin qui mènera un jour jusqu'à la mine. Il n'en peut plus, qu'est-ce qui leur prend à toutes ces femmes de faire des enfants tout le temps ? Il a accepté le contrat au Nord pour ne pas entendre parler du bébé de Maude et maintenant on veut lui en mettre un autre sur les bras, il n'en veut pas, « *crissez*-moi patience pour l'amour ».

43

Mary ne sait pas comment elle arrivera à tenir jusqu'à la fin du repas, jusqu'à la vaisselle, comment elle arrivera à ne pas tout renverser sur le plancher, ne pas casser toutes les assiettes tellement son cœur fait des bonds incontrôlables. Il est revenu, son Patrick, tout sourire et tout timide, il a bégayé en l'invitant à faire un tour de camion après le repas, il avait peur d'avoir perdu sa place, mais il avait peur pour rien, voyons.

Les hommes finissent de manger, Mary réussit à laver leurs assiettes malgré les taquineries de Rémi qui la rendent encore plus maladroite, la vieille Peeta qui remplace Maata lui prend doucement le chiffon des mains : « Allez va, ma fille, je vais finir. » Elle vole jusqu'au stationnement et manque de renverser Félix qui sortait pour sa balade, il la salue mais ne reçoit rien en retour, ça lui apprendra à faire du mal à son amie Maata. Patrick démarre tout de suite, il n'ose pas l'embrasser, pas encore, il attend d'être bien à l'abri sur le chemin, il l'embrasse en tenant son visage comme si c'était de la porcelaine, et Mary murmure : « Tu es revenu, tu es revenu, tu es revenu. » Plus tard ils reviennent heureux dans la clarté éclatante des soirées de mai, passent devant chez Maata. Mary demande à Patrick de s'arrêter, elle monte les escaliers à la volée, entre sans frapper et appelle son amie, qui arrive dans le vestibule du pas lent d'une femme qui accouchera bientôt.

Félix est revenu, tu savais ?

Elle ne savait pas, non. Mary lui caresse tendrement la joue, ne dit rien parce qu'il n'y a rien à dire, Maata la regarde sortir et retrouver Patrick dans le camion, ils s'embrassent juste devant chez elle, elle leur tourne le dos et se laisse choir sur une chaise.

Elle se demande comment on fait, comment on fait pour guérir son cœur, comment on fait pour s'empêcher de trembler et de continuer à espérer, encore. Elle trouve que ce n'est pas juste, elle a fait de son mieux, tout l'hiver, pour l'oublier, pour se consacrer à sa famille, pour aimer Elijah et ne plus rêver à Félix, elle a fait de son mieux et tout ce travail peut s'effriter dès qu'il remet les pieds au village, elle trouve que ce n'est pas juste.

★

Maata ne dort pas cette nuit-là, et le matin elle n'a pas envie d'aller à l'école, à quoi bon s'épuiser à faire quelque chose de sa vie si tout peut s'effondrer sous la botte d'un seul homme ? Cecilia vient se blottir contre elle et lui donne la force de se lever. Elle marche vers l'école, Félix qui répare une maison en face la voit venir, ses yeux ne peuvent se détacher du tissu de son manteau tendu au maximum sur le joli ventre rond, ses jambes sont molles, il est soulagé d'être à l'intérieur, il s'éloigne de la fenêtre pour s'assurer qu'elle ne le voit pas.

Heille Félix, c'est pas ton Inuite ça ? Ah ben garde donc ça on dirait qu'a va avoir un p'tit ben vite. Ce serait-tu un p'tit Félix par hasard ?

Il éclate de rire comme un porc qui se roule dans le fumier, Félix laisse tomber ses outils, l'agrippe violemment par le collet et l'écrase contre le mur, il entend vaguement les autres qui tentent de le calmer, mais il a juste envie de frapper, tellement fort, il pense à sa fille et il réussit à se retenir, il reprend ses outils et ne parle plus à personne de la journée.

Il se dit voilà, non seulement je suis un con, mais je suis violent, qu'est-ce qui m'arrive, il se dit qu'il serait mieux de foutre le camp, peut-être quelque part au fond de la toundra, se construire un petit camp lui aussi et rester là, ne plus voir personne et s'oublier lui-même, si possible.

44

Elle est née le 12 juin, tôt le matin, lumineuse comme le soleil de printemps qui ne se couche jamais, et Maata a dit qu'elle était à toi. Tu étais heureux et tu avais aussi le goût de pleurer, tu tenais soigneusement le bébé contre toi, la tête de Maata au creux de ton épaule. Vous autres les Inuits, vous faites des enfants, des enfants magnifiques et éblouissants comme le solstice d'été arctique, vous êtes venus de loin et vous avez connu la mort, mais votre instinct de vivre est puissant, vous faites des enfants magnifiques.

Tu as demandé à Maata si la petite pouvait s'appeler Eva. Maata a souri, tu as continué à bercer tendrement la minuscule Eva, et tu as pensé que la débâcle serait moins pénible cette année, tu as pensé que tu n'aurais plus besoin de chercher des fantômes dans le fjord, tu as pensé que la vie venait de te donner une chance incroyable.

★

L'été s'est installé doucement, Maata aimait faire des balades avec Eva dans son capuchon, elle avait de la chance d'être née l'été et de ne pas avoir à affronter tout de suite les rigueurs de l'hiver.

Maata marche le long de la rivière, elle croit reconnaître la silhouette qui approche vers elle, mais pour la première fois, elle ne sent pas de tremblement de terre dans son ventre. C'est bien Félix, il la regarde timidement, elle s'arrête devant lui.

Bonjour Félix. Elle, c'est Eva.

Félix se penche vers le bébé dans le capuchon, caresse son visage, ses petites mains. Ça fait longtemps qu'il n'a rien vu d'aussi beau. Il voudrait parler, il n'y arrive pas. Maata lui prend la main.

C'est correct. OK ? C'est correct.

Félix hoche la tête. Il serre la main de Maata très fort. Il la laisse aller. Il sait qu'il ne la reverra plus.

Certains ont dit qu'elle n'était pas la tienne, Elijah. On ne saura jamais s'ils avaient raison, comme la plupart du temps, ici. De toute façon, ils appartiennent à tout le village, les enfants.

REMERCIEMENTS

Merci à ma famille pour l'amour, le support indéfectible et le rêve partagé ; Jean Désy, merveilleux parrain d'écriture, pour la passion, la sagesse et les judicieux conseils « de vieux bonhomme » ; l'Union des écrivaines et écrivains du Québec pour son fantastique programme de parrainage ; Frédérique Dubois, ma toute première lectrice, pour la sensibilité, la qualité de lecture et la patience ; Frédérick Lavoie pour le regard aiguisé et les encouragements qui ont eu raison de mes doutes ; Mélanie Laurendeau, Geta Etorolopiaq, Aipilie Napaartuk, Levina Puttayuk et les résidents du Module du Nord pour la correction des mots en inuttitut ; Gerry Delaquis et Catherine Cyr-Wright pour le soutien logistique qui m'a permis de continuer d'écrire quand mon ordinateur m'a laissée tomber en pleine brousse haïtienne ; l'équipe de La Peuplade, pour l'approche attentive, généreuse et passionnée ; mes amis inuits et tous les amoureux du Nord qui ont partagé avec moi leurs histoires : *qujallivunga*.

DU MÊME AUTEUR

Aux Éditions de la Peuplade

NIRLIIT, 2015 (Folio n° 6760).

Composition Nord Compo
Impression Novoprint
à Barcelone, le 18 février 2020
Dépôt légal : février 2020
Premier dépôt légal : janvier 2020

ISBN 978-2-07-282942-0./Imprimé en Espagne.

369538